알레그로 마에스토소

알레그로 마에스토소

이진 소설집

새미

'왜?'는 세상에서 제일 어려운 질문이다.

소설가라는 이름을 얻고서 산천이 한 번 뒤바뀔 정도의 시간이 흐른 지금도 여전히 그렇다. 왜 소설을 쓰는지에 관한 막연하고도 포괄적인 질문에서부터 왜 그런 소재를 선택했는지, 왜 그런 주제로 글을 썼는지, 왜 그런 인물이 등장하는지에 관한 수많은 '왜?'에 대해 난 매번 머뭇거리게 된다. 딱히 정답이라고 내놓을 만한 생각이 떠오르지 않는다. 작가의 말이란 것도 사실 따지고 보면 소설집을 출간하는, 혹은 소설집에 실린 작품들에 대한 여러 종류의 '왜?'에 대한 대답일 것이다. 그러니 언제나처럼 또 머뭇거릴 수밖에…….

그렇지만 한 가지 잘하는 건 있다.

딱 부러진 대답을 내놓지 못한 것에 대해 에둘러 변명하기. 신나는 리듬에 맞춰 온 몸을 흔들어 대는 댄서에게 왜 춤을 추느냐 물어보는 순간 춤판의 흥분은 사라지고, 휘모리장단에 푹 빠진 고수에게 왜 북을 치느냐 물어보는 순간 굿판의 신명은 깨진다는 식으로.

어쩌면 그 흥분, 그 신명이 내 소설에 관해 말할 수 있는 전부일지 모른다.

사실 우리가 살고 있는 세상에선 소설보다 더 소설 같은 일들이 시도 때도 없이 벌어지고, 소설 속 인물보다 더 소설적인 성격의 소유자들이 한낮의 대로를 활보한다. 어디서고 눈만 돌리면 사람이든 이야기든 차고 넘친다. 그 많은 것 중 풀썩 가슴팍으로 뛰어든 무엇, 짜르르 정수리를 훑고 지나간 어느 순간, 그것들을 붙잡을 수 있는가가 다만 문제일 뿐. 하지만 우리를 흥분시키는 북 장단이나 신명나는 춤사위처럼 잠시도 머무를 줄 모르는 그것들을 무슨 수로 붙들어 둘까? 하여 남은 건, 그걸 붙들려고 애썼던 아스라한 흔적에 불과할지도…….

부끄럽다.

그런 흔적 따위를 모아 또 한 권의 소설집으로 묶는다는 게. 해서 첫 소설집이 나오고 무려 다섯 해가 지나도록 한 구석에 숨어 있었다고 슬쩍 고백하고 지나가련다. 애써 게으름을 피운 거라는 변명까지 얹어서.

그럼에도 기쁘다.

여기저기 흩어져 있던 작품들을 한 자리에 모으니, 놀이터에서 골목길에서 아이들을 불러 저녁상 앞에 앉힌 엄마처럼 흐뭇하다. 어이없거나 우습거나 안타까운, 소소하기 그지없는 일상의 기억으로 들뜬 아이들을 바라보는 축복의 한 때, 턱없이 짧은 그런 저녁들이 삶의 긴 궤적으로 그려질 것임을 아는 엄마처럼 말이다. 그래서 모든 게 감사하다. 이 책이 나오기까지 도와주신 모든 분들께, 그리고 이 책을 읽는 독자님들께 깊은 감사를 올린다.

차례

164

나는 164다.

저 숫자가 아이큐라면 얼마나 좋을까? 인체 비례를 마음대로 조절하는 의학용 컴퓨터 칩 개발자가 되었을 텐데. 만약 그랬다면 팔등신을 꿈꾸는 전 세계 모든 젊은이들에게 숭배 받는, 살아있는 신이 되었을 것이다. 다른 가능성도 있다. 사법고시에 합격하여 아버지의 평생소원인 판검사가 되는 것. 그랬다면 어머니의 핸드폰은 항상 통화중일 것이다. 내로라하는 집안의 학벌 좋은 여자를 소개하려고 시도 때도 없이 전화벨을 울릴 결혼 중매인들은 내 체격조건에 대해선 결코 묻지 않을 테고 말이다. 뭐 전혀 반대일 수도 있다. 전국 상위 0.1%의 성적으로 명문 의과

대에 진학하고서도 유급을 밥 먹듯이 하다 고졸 학력으로 내려앉은 엄마친구 아들이나, 4년째 내리 사법고시 1차 시험에 붙고도 최종 합격자 명단에 들지 못하더니 정신병동에서 환자들에게 민법총칙 강의를 하고 있는 동네 형처럼.

몸무게는 물론 아니다. 만약 그랬다면 우리 동네 헬스클럽과 비만관리실을 밥 먹여주는 단골 고객이 되었을 것이다. 미스터 코리아 지역 예선에서 상위권에 올라 금도금된 트로피를 받은 적 있는 헬스클럽 코치는 내게 말하곤 했다. 사내는 말야, 근육이다. 키만 껀정한 허세비들이 각광받는 건 이십대 초반 한 때야. 그의 충고를 충실히 받아들인 탓에 어깨가 지나치게 벌어져 하마터면 역도선수로 오해받을 뻔했다. 거기에 살집까지 부풀려 저 숫자만큼의 몸무게가 되었다면, 가로가 세로보다 긴 직사각형의 몸매로 기네스북에 창피한 이름 석 자를 올리게 되었을지 모른다. 그런 일이 오히려 전화위복일 순 있다. 패스트푸드의 해악을 알리는 텔레비전 광고를 찍자고 공익광고협의회에서 제안해 올 수 있고, 건강관리협회니 비만 추방 운동본부니 하는 데서 이런저런 협찬을 해와 유명세를 타게 될 수도 있으니. 그랬다면 지방흡입술로 살을 빼고선 운동과 식이요법이 주효했다며 가짜 광고를 하고서 책과 동영상 파일 등으로 엄청나게 돈을 벌어들였을지 모른다. 나의 프러포즈에 코웃음으로 응답했던, 내 고백을 받고 우쭐해져 습관적으로 남자를 무시하게 된 여자애들이, 지난날의 고백이 여전히 유효하냐며 코맹맹이 소리로 물어오겠지. 물론 그때 나의 대답은 시원스런 한 마디, '아니!'이다.

설마 이름이냐고 물을 사람은 없겠지. 아무리 개성이 최고인 시대라지만 어느 부모가 아라비아 숫자로 자식의 이름을 짓겠는가 말이다. 하긴 우리 아버지가 당신의 바람을 실어 내게 '판영'(판사영감의 줄임말)이란 이름을 지어줬듯 나 역시 내 소망을 실어 자식에게 그런 식의 이름을 지어주게 될지도 모르긴 하다. 그렇더라도 164는 아니다. 거기에 머리 하나 크기만큼 더 얹어 184라면 모를까!

나는 보통사람의 계열에 들어가지 못한다.

그걸 뼈저리게 느낀 건 첫 미팅에서였다. 법대는 물론이고 로스쿨 진학에 유리한 어떤 과에도 붙지 못한 채, 장래가 불투명한 불문학과의 예비 6번으로 입학식 일주일 전에야 겨우 합격이 확정 돼 집에선 눈치꾸러기가 되었지만, 그래도 대학 신입생답게 들뜨고 흥분해 있던 시절이었다. 창밖의 풍경으로만 존재하는 줄 알았던 벚나무가 연분홍 꽃잎을 아무에게나 헤프게 뿌려대던 4월, 길 가던 아가씨들이 말려 올라간 치맛자락을 잡아 내리는 풍경이 어지간히 눈에 익을 즈음이었다. 까만 중절모가 벽지를 타고 비처럼 쏟아져 내리는 술집 겸 카페 '블랙-햇'은 생판 모르는 여자를 기다리는 풋내기 남자들의 팽팽한 긴장감으로 부풀었다. 주선자 경필이 녀석에게서 여자들과 함께 곧 도착하리란 전화가 왔을 때, 나는 가게 이름을 우리말로 그냥 '까만 모자'라 한다면 어떨까, 술과 커피를 융합한 전국적인 브랜드 매장으로서의 위상이 손상되거나 매출액이 감소할까 하는 따위 시답잖은 생각을 하고 있었다. 여학생들이 나타났을 때 나는 엉거주춤 일어서려다말고 재빨리 주저앉았다. 키높이 구두를 신고오긴 했지만 첫 인상에서 약점을 잡히고 싶지 않았다. 신입

생을 위한 예비학교 때 질릴 만큼 했던 게임들을 두루 섭렵하는 가운데 서너 잔 이상씩의 벌주로 모두들 취기가 오르자 누가 먼저랄 것도 없이 소지품을 한 가지씩 내놓기 시작했다.

"이름만 가지고는 남매 사이로 오해받을 수도 있겠어요."

내 손목시계를 집은 여자애가 던진 첫 마디였다. 이한영이라고 했다. 그 애는 신기하단 말을 덧붙이며 살짝 웃었다. 한쪽 입술을 일그러뜨리는 독특한 미소가 볼 살 도톰한 동그란 얼굴에 잘 어울렸다. 단발머리와 그리 높지 않은 콧날이 조화를 이루어 귀엽고 발랄해 보였다. 반가워요. 내가 손을 내밀어 악수를 청하는 사이, 족보를 공개하라는 친구들의 장난 섞인 주문이 이어졌다. 분위기가 화기애애해지면서 빈 술병도 그만큼 더 늘어났다.

"전화번호 좀 찍어주실래요?"

자리가 파할 무렵 일어서면서 넌지시 물었다. 쌍꺼풀지지 않은 자연스런 눈매와 까무잡잡한 피부, 높은 톤의 약간 들뜬 듯하면서 명랑한 목소리를 다시 만나고 싶었다. 여자 애가 약간 놀란 눈으로 나를 쳐다보았다.

"아, 네 그게 그러니깐……."

그 애는 위 아래로 날 훑어보았다. 그러더니 난처한 기색이 되어 우물거렸다. 화장실 좀 다녀와서요. 그런 태도가 거절임을 눈치 채지 못한 채, 부풀어 오른 내 방광을 더 이상 방치할 수 없어 나도 화장실로 향했다. 하필 여자 화장실과 나란히 붙어있을 게 뭐람. 난 아무 대비도 없이 그 애의 진실과 맞닥뜨려야 했다. 무슨 남자애가 그리 땅딸막하냐? 앉아 있을 땐 어깨도 제법 벌어지고 해서 괜찮게 봤는데. 그 키로 누굴 넘보겠다고, 재수 없게시리!

화장실 벽면에 잔뜩 박힌 까만 모자들 속으로 숨어들고 싶었다. 가장 큰 모자로 얼굴을 가리고 행여 벗겨지지 않도록 꼭꼭 눌러쓰고 싶었다. 그 이후론 전국의 어느 '블랙―햇'에서도 여자를 만나지 않았다. 그런 식으로 가지 않게 된 술집이나 카페가 네댓 곳을 넘기게 되자 나는 군 입대를 결심했다. 하지만 군대는 결코 도피처 노릇을 해주지 않았다.

"기왕 포기한 거, 몇 센티만 더 줄이지 그랬냐?"

자대 배치를 받은 첫날, 내무반장의 환영사가 끝나자마자 누군가가 뒤에서 깐죽거렸다. 너도나도 질세라 한 마디씩 거들며 낄낄댔다. 손가락 자르고 고막 뚫는 거보담 면제받기 쉬웠을 텐데, 사물함에 팔 안 닿는다고 간부들한테 애로사항으로 신고하진 마라, 등등. 죄송합니다! 터무니없는 대답이 입에서 튀어나왔다. 키킥, 눈높이를 맞출 수 없으니 죄송하겠지. 모두들 배를 움켜쥐었다. 벌게진 얼굴로 같이 웃을 수밖에 없었다. 그런 수치스러움은 백여 일 후에 절정을 이뤘다. 키가 190인 후임 녀석 때문이었다. 아무리 어깨를 쭉 펴고 허리를 곧추세워도, 목에 잔뜩 힘을 주고 군화를 까치발로 디뎌 봐도 그의 어깨 너머 풍경을 포착할 수 없었다. 약간의 과장을 섞자면 내 시선이 그의 배꼽 높이에 머물렀던 것이다. 뭘 먹고 그리 컸느냐는 어이없는 질문이 튀어나왔다.

"라면을 좋아합니다."

굳은 표정으로 진지하게 답변하는 녀석의 태도에 부아가 치밀었다. 앞뒤 생각 없이 정강이를 걸어찼다. 나의 두 배는 됨직한 거구가 푹 고꾸라졌다. 덜컥 겁이 났다. 선임들에게 질책을 받진 않을까, 그의 반격이 이어지진 않을까, 나는 상황을 무마하려고 진땀을 뺐다. 갑작스런 공격에 대응하는 능력이 이 정도 밖에 안 돼? 그래서야 대한민국 군인이라 할 수 있겠나? 사뭇 언성을 높이기까지 했다. 하지만 창피스러웠다. 못내 뒤가 켕긴 나는 다음 날 녀석을 끌고 피엑스로 데려갔다. 부피가 젤 큰 컵라면을 고른 다음 뜨거운 물까지 부어주었다. 마지막 국물을 홀짝 들이마신 녀석이 종알거렸다.

"제 친구 중에도 아주 작은 애가 있는데요, 전역하고 일 년 넘게 소식이 없더니 어느 날 갑자기 훌쩍 커져서 나타났어요. 녀석과 얘길 하려면 사십오 도쯤 고갤 숙여야 했는데, 제 눈높이가 그 녀석 이마 언저리에 닿더란 말입니다. 깔창도 많이 진화했나보다 생각했죠. 그런데 알고 보니 키 수술을 했다지 뭡니까?"

귀가 번쩍 뜨였다. 천지가 개벽하는 수준의 희망가가 뱃속 깊은 곳에서 울려 퍼지기 시작했다. 뭔가 아쉬운 표정으로 나무젓가락 끝을 빨아대는 녀석에게 컵라면을 한 개 더 시켜주었다.

전역 신고를 마친 바로 그날 수술실로 직행했다.

복학을 한 학기 늦춰요. 님의 전역 날짜에 신경 쓸 사람은 아무도 없어요. 수술한 친구들의 충고는 현실적이었다. 날 끔찍이도 위하는 할머니조차 제대하기까지 몇 달 더 남았다는 어머니의 거짓말을 곧이곧대로 믿었다. 이동 침대에 누워 머리에 파란 두건을 쓰고 대기실에서 수술 집도의의 부름을 기다리는 동안 그동안의 신산한 과정이 주마등처럼 스쳐 지나갔다.

'대한민국 모든 161에게 고하노니 구하라, 얻을 것이오. 수술하라, 여친이 생기리니!' 닉네임이 스프링인 친구가 인터넷 카페 '크자go'에 올린 글들은 맛깔스러웠다. 통통 튀는 문구들에 나도 모르게 웃음이 피어올랐다. 그의 글을 다 뒤져보았다. 한 번의 수술로 6센티를 늘렸다는 그는 수술 후 일 년이 지난 지금 수치를 조금 올려 170이라고 뻥을 쳐도 남들이 믿어주는 수준까지 올랐다는 자랑을 늘어놓았다. 그리고 덧붙이기를, '새 신을 신고 뛰어보자, 팔짝! 머리가 하늘까지 닿겠네. 160대 초반과 160대 후반의 차이는 바로 이거죠.^ ^;' 짜르르, 온 몸에 전류가 흘렀다. 발가락 끝의 모세 혈관까지 뜨거운 알콜 기운이 흘러 퍼지는 듯했다. 축구시합 후 너그러운 상사 덕에 얻어 마신 맥주 한 캔에 비할 바가 아니었다.

그와 달리 북극기린의 글은 학생을 나무라는 선생님의 훈시처럼 다분히 교과서적이었다. 그런데도 묘한 마력이 있었다. 슬그머니 치솟는 거부감과 더불어 신경의 촉수를 건드리는, 가려움 같기도 따가움 같기도 한 표현들이 사뭇 선동적이었다. 나비넥타이를 맨 얼룩 반점의 기린이 쉐빙선 위에서 갈기 털을 휘날리며 연설을 한다면 어느 누가 모른 척할 수 있겠는가? '꿈은 꾸는 게 아니라 거머쥐는 것입니다. 내 키에 만족했더라면 모델의 꿈은 영원히 꿈으로만 남았겠지요.' 그는 ISKD를 이용한 내연장술로 두 번 수술한 끝에 허벅지와 종아리를 각각 5센티씩 총 10센티를 늘렸다고 했다. 그 후론 서류심사에서 탈락한 적이 없다며, 회사를 고르는 중이라고 으쓱였다. 제기랄, 177이라는 충분히 큰 키를 가지고서도 두 번의 수술이라니. 도대체 대한민국의 남자 모델은 어느 나라 사내들에게 입힐 옷을 모니터링한단 말인가? 부글부글 끓어오르는 속내와는 달리 내 손가락은 띄엄띄엄 올려진 그의 글을 찾아 마우스를 클릭해댔다.

"키 작다고 사내구실 못할까?"

아버지께선 한심한 눈빛을 지으며 내뱉었다. 놀라운 신세계를 구경한 자의 흥분만으로는 아버질 설득할 수 없었다. '재수 없는 남자' 그룹에서 탈출할 수 있다는, 죄에서의 구원만큼이나 기쁜 소식을 공유할 방법이 없었다. 남은 복무 기간 동안의 급여는 한 푼도 쓰지 않겠노라, 복학 후엔 아르바이트와 장학금으로 등록금의 과반액수를 책임지겠으며 취업 즉시 일정액을 채무상환금으로 불입하겠노라, 질문을 비껴가는 약속만 늘어놓았다. 휴가가 끝나던 날, 원통 행 버스에 오르며 아버지께 짤막한 문자를 보냈다. 너무 쪽팔려서요.

부대 면회실에서 승낙 통보를 받던 날엔 그것만으로도 가슴이 벅차 숨을 쉴 수 없었다. 170대로 진입한다는 게 어딘가? 죽을 만큼 간절히 원해도 평생 가 닿을 수 없을 것 같던 꿈의 숫자가 눈앞에 어른거렸다. 스프링을 비롯한 대부분의 경험자들은 회복기간이 비교적 짧고 비용부담도 그나마 낮은 편이고, 몸 전체의 균형을 고려했을 때 레이튼 술식이 가장 이상적이라고 추천을 했다. 북극기린처럼 10센티를 훌쩍 키우고 싶은 마음이야 간절했지만 지불 능력 등의 형편을 고려하여 그들의 충고를 받아들이기로 했다. 어쨌거나 한 번의 수술로 6센티가 커지는 것이다. 얼마나 절묘한 수치인가? 감사합니다!! 나는 벌떡 일어서서 두 분께 거수경례를 붙였다.

간호사가 팔목에 굵은 바늘을 찔러 넣었다. 똑똑 떨어져 내 혈관 속으로 무작정 진입하는 노르스름한 수액이 갑자기 수상쩍게 여겨졌다. 양쪽 다리의 길이가 달라져 수술 이후 절름발이 신세가 되었다느니, 약속만큼 키가 크지 않아 의사와 소송 중인 사람도 있다느니 하는 확인되지 않은 소문들이 퍼뜩 떠올랐다. 평소 찾지 않던 하느님, 한 번도 그 앞에서 손 모아 본 적 없는 부처님, 날마다 일정 시간에 신도들로부터 경배를 받는 알라 신 등, 내가 아는 모든 신들을 향한 기도가 절로 터져 나왔다. 그동안의 내 무례함을 용서하시라. 성공적인 수술로 당신들의 관용을 보여주시라. 하루 세 끼 똑같이 밥 먹으면서 별 힘들이지 않고 도달한 남들의 키에 질투심을 느낄 때마다 퍼붓곤 했던 원망의 말도 제발 잊어주시라! 간절히 청했다. 내 진심어린 회개는 즉시 응답을 받았다. 내 바짓가랑이를 붙잡고 매달리는 동아리 후배의 간절한 눈빛, 악수를 청하며 내미는 불문과 동기의 수줍은 손, 그리고 자신의 모욕적인 발언을 용서해달라며 눈물 흘리는 첫 미팅에서의 파트너…… 쓰라림을 안겨주고 스쳐지나간, 이름도 잘 기억나지 않는 여자애들이 마취 상태로 빠져드는 내게 다정한 눈빛을 보내며, 내 의식의 주변에서 아련한 환영으로 맴돌았다.

그 녀석은 174라고 했다.

"많이 아파요?"

아직 몸을 제대로 뒤채보지도 못한 수술 후 사흘째의 중환자인 내게 녀석이 던진 질문은 참으로 한심했다. 그때 녀석은 수술을 두 시간쯤 남겨 둔 상태였다. 담당 간호사에게 물어 가장 최근의 수술자인 날 찾아온 것이다. 그쪽은 굳이 그럴 필요가 없어 보이는데, 왜요? 한심하기는 내 대답도 마찬가지였다. 수술을 코앞에 둔 녀석에게 수술의 이유를 묻는다는 게 얼마나 우습고 불필요한 일인가 말이다. 하지만 녀석은 내 질문을 다르게 해석했다.

"막상 시간이 다가오니깐 겁이 나서요."

괜찮다고, 할 만 하다고, 잘 할 수 있을 거라고, 그런 식의 위로를 바라고 온 것이었다. 뭐, 그런대로. 어정쩡한 내 대답을 녀석은 긍정의 사인으로 받아들인 듯 했다. 딱히 청하지도 않은 신상 얘기를 이것저것 늘어놓았다. 수술실로 내려가야 한다며 간호사가 불러내서야 마지못해 자리를 뜨면서, '친하게 지내요, 우리!' 누워있는 내게 악수를 청하기까지 했다.

녀석이 다녀간 다음부터 영 기분이 좋지 않았다. 빌어먹을, 여자 친구의 비위를 맞추려고 멀쩡한 생 뼈를 자르는 놈이 어디 있나, 그래? 174라면 대한민국 20대 남성 평균 및 표준 키로 어딜 가든 크게 꿀릴 일은 없다. 잠깐 봤지만 잘 발달해 있는 가슴 근육과 튼실한 살집 덕에 녀석은 실제보다 더 커 보였다. 막대한 비용과 엄청난 고통을 지불하면서도 내 것으로 만들 수 없는 키를 가진 녀석이, 비록 6센티일 망정 그만큼의 격차를 좁혀 보려는 내 눈물겨운 노력을 수포로 돌리다니.

나는 그 녀석의 여자 친구를 맹렬히 미워하게 되었다. 키라는 게 백화점에서 쇼핑할 수 있는 명품 가방도 아닌데, 180 이상이어야 한다는 엉뚱한 조건을 남자친구에게 요구하는 여자라면 틀림없이 머릿속이 똥으로 꽉 차 있을 거였다. 그런 계집애의 장단에 놀아나는 녀석이야말로 이 나라 젊은이들의 수치였다. 얼마나 자신감이 없으면 여자의 허영심을 쫓아 보기 좋은 제 몸을 학대하고 제 부모의 호주머니를 털겠는가 말이다. 종국에는 그 녀석의 부모님마저 한심하게 여겨졌다. 돈이 남아돌아 쓸 데가 없어도 그렇지, 대한민국 남성의 평균이자 표준치의 키를 가진 아들에게 그따위 고생을 허락한단 말인가? 나는 녀석의 수술이 잘못되기를 바랐다. 자기가 받은 축복을 하찮게 여긴 죗값을 톡톡히 치르길 바랐다. 대한민국의 상당수 청년들이 결코 가 닿을 수 없는 꿈의 수치를 능멸한 대가를 반드시 받았으면 싶었다. 전학 온 친구를 어떻게든 괴롭힐 요량으로 밤송이와 개구리 시체를 찾아다니는 심술꾸러기처럼 녀석의 수술 시간 내내 머릿속에서 그런 생각들이 굴러다녔다. 환자식으로 나온 허여멀건 국물을 한 숟갈 떠먹으려는데 갑작스레 구토증이 일었다. 놀란 어머니가 간호사를 불러대는 등 호들갑을 떨었다. 며칠 동안 도무지 입맛이 돌지 않았다.

　녀석은 휠체어를 탈 수 있게끔 되자 하루에도 몇 번씩 내가 입원해 있는 6인실로 찾아오곤 했다. 나이가 같다는 걸 확인하고 서로 말을 놓기로 하면서부터 부쩍 친근하게 굴어대더니, 간호사에게 내 곁의 병상이 비면 자기 자릴 즉시 옮겨달라는 부탁까지 하기에 이르렀다. 나의 하루하루는 커질 키에 대한 기대와 설렘보다 녀석을 피하는 방법 찾기로 채워졌다. 그날도 일찌감치 물리치료실로 향했다. 건너편 침상의 관절염 노인이 퇴원 준비를 하고 있어 마음이 불안했다. 친구랑 같은 병실을 쓰게 되니 좋으시겠어요. 간호대 실습생의 덕담은 더욱 짜증스러웠다. 어쨌든 물리치료가 끝나더라도 다른 병동을 돌아다니며 녀석과의 만남을 최대한 미룰 참이었다.

바퀴 굴리는 속도가 평상시보다 조금 빨랐는지 모르겠다. 안개꽃을 한 아름 안고서 엘리베이터에서 내리는 아가씨를 하마터면 받아버릴 뻔했다. 어머나, 죄송해요. 넘어질 뻔한 그녀가 균형을 잡더니 도리어 사과를 해왔다. 갸름한 달걀형 얼굴에 브이라인 턱선, 오똑한 콧날과 깊게 파인 쌍꺼풀을 가진 무척이나 예쁜 여자였다. 바닥에 흐트러진 꽃줄기들을 그러모으는 그녀의 손가락 위로 투명한 아침 햇살이 내려앉았다. 내가 뭘 하려던 참이었는지 잊고 멀어져 가는 그녀의 뒷모습을 쫓았다. 날씬하고 쪽 곧은 다리가 복도 중앙의 간호사실을 지나 오른쪽으로 꺾어 들어갔다.

문득 궁금해졌다. 그렇게나 예쁜 여자의 꽃다발을 받을 사람이 누구인지. 휠체어를 살살 굴려 그녀의 뒤를 쫓았다. 복도 중간쯤에서 그녀는 잠시 멈칫했다. 나도 따라 멈추었다. 그녀는 머리카락을 매만지고 꽃다발을 손보고 옷에 붙어있는 먼지 같은 것도 털어냈다. 그러더니 서너 걸음 더 가서 772호로 스며들어갔다. 불길한 예감이 스쳐지나갔다. 거긴 그 녀석이 입원해 있는 병실이었다. 아무래도 자리를 빨리 뜨는 게 좋을 듯싶었다. 바라지 않는 무엇을 확인하게 될까봐 두려웠다. 엘리베이터 쪽으로 급히 방향을 틀었다.

"오늘 병실 옮긴다는 거, 어떻게 알았어?"

녀석의 달뜬 목소리가 뒷덜미를 잡아당겼다. 나는 가다말고 ㄱ자로 꺾인 지점의 복도 벽에 망보는 도둑처럼 바짝 달라붙었다. 일리자로프에 감싸인 그 녀석의 다리가 772호실 문밖으로 빠져나왔다. 안개꽃들 사이에 코를 묻은 녀석의 등 뒤에서 누군가가 휠체어를 밀었다. 하마터면 나와 부딪힐 뻔한, 나도 모르게 뒤를 밟은, 절대로 아니었으면 했던, 예쁜 그녀였다. 제길, 예감이 그리도 정확하게 맞아 떨어질 게 뭐람.

누나가 킬킬거렸다.

"너, 그 기집애 좋아하는구나?"

베개든 수건이든 침대 시트로든 누나의 입을 틀어막고 싶었다. 미쳤어? 목소리 좀 죽여. 하지만 누나는 아랑곳하지 않았다.

"하여간 남자 애들은 그저 이쁘기만 하면 입이 헤 벌어져서는. 척 보면 모르냐? 성형수술 A급 소비자잖아. 모르긴 해도 얼굴만 고친 게 아닐 걸?"

다른 여자에 관해서라면 어느 때, 어떤 경우라도 열 개 이상의 흠을 순식간에 찾아내는 걸 장기로 하는 누나의 평가는 별로 귀에 들어오지 않았다. 워낙 오래된 습관이었다. 자기 눈에 띄는 어떤 여자도 자기 이상일 수 없다는 걸 증명하기 위해, 신고 있는 스타킹의 색깔이나 핸드백에서 꺼낸 화장지에 이르기까지 온갖 시시콜콜한 걸 심층 분석하는 누나였다. 그 정도 혜안에도 불구하고 삼수로 들어간 대학에서 졸업을 앞둔 현재에 이르기까지 남자 친구가 없는 형편이었으므로, 나는 누나의 설득력 있는 구체적 정황 증거와 성형외과가 벌어들였을 의료비 추정액을 무시하기로 했다.

"아서라, 꿈 깨! 보아하니 174도 번지수를 잘못 짚은 거 같더라."

녀석에겐 정대현이란 버젓한 이름이 있었지만 내 방문객들은 그를 모두 174라 불렀다. 녀석의 과욕이 도무지 못마땅하여 내가 붙여놓은 별칭이 어느새 그의 대명사가 되어버렸다. 몇 달 후면 목표한 키 180에 도달하겠지만 녀석은 나와 내 주변인들에게 영원히 174로 기억될 것이다. '심하게 평균 이하'라는 서러움에서 벗어나고픈 나의 기막힌 선택을 조롱거리로 만든 그의 죄과를 따지자면 외려 과분한 별명일지 모른다.

"여자가 예쁘다고 해야 진짜 예쁜 거고, 여자한테 좋단 말을 들어야 진짜 좋은 여자야."

인기 많은 여자에 대한 인기 없는 여자의 질투심을 누가 말리겠는가? 나는 바야흐로 잠언이 되어가고 있는 누나의 여성학 강의를 귓등으로 흘려보냈다. 내 전화기가 부르르 떨었다. 녀석에게서 온 문자였다. 커피숍이야. 올래? 워커로 걷기 연습을 시작하면서 휠체어에 오르고 내리는 일이 부담스럽지 않게 되자 녀석은 여자친구를 병원 입구까지 마중 나가곤 했다. 마땅한 데이트 장소를 찾을 수 없는 병원에서 지하 커피숍을 발견한 건 행운이었다. 피시방을 겸한 휴게 공간으로 사면이 툭 트여있어 지하 1층 소아과 병동 환자와 보호자들이 쉴 새 없이 들락거리는 곳이긴 했다. 그래도 클래식 음악이 흐르는 데서 바리스타임을 자처하는 아줌마가 두툼한 머그에 담아내오는 원두커피를 마실 수 있다는 게 어딘가? 커피 향을 음미하며 컴퓨터 게임까지 즐길 수 있으니 나 같은 장기 입원환자들에겐 대학로 단골 술집 이상이었다.

같은 병실을 쓰게 되면서 마음속에 뿌리내린 반감과는 상관없이 녀석과 생각보단 잘 지내게 되었다. 아마는 일리자로프의 나사를 조이기 위해 하루에 네 번씩 물리치료실을 함께 다니면서였다. 그 일은 마치 의식을 행하듯 일정한 시간에 일정한 강도로 성실히 수행해야 했다. 인위적으로 부러뜨린 뼈가 예정된 길이만큼 늘어나도록, 뼛속에 삽입해 놓은 금속 핀에 자극을 주어 끊임없이 상처를 냄으로써, 뼈의 자가 치유력을 지연시키기 위함이었다. 하지만 말처럼 쉽지 않았다. 무엇보다 힘든 건 끔찍하게 아프다는 거였다. 물리치료실 앞에서 차례를 기다리는 동안 고통스런 신음소릴 듣고 있자면, 비명인가 절규가 하는 제목을 가진 뭉크의 해골바가지 그림이 떠오르곤 했다. 그럴 때마다 머리칼이 쭈뼛 서곤 했다. 비용부담이 큰데도 일찍 퇴원하지 못하는 환자의 대부분은 이 일을 스스로 할 수 없어서였다. 물리치료사들에게 다리를 맡기고서 뼈를 뚫는 끔찍한 아픔을 견뎌내고 돌아오는 길에 진땀으로 얼룩진 서로의 이마를 확인하는 일은 엄청난 위로였다. 나만큼이나 미친 자식이 바로 곁에 있다는 게 얼마나 다행인지 몰랐다.

수술 한 달이 지나가는 시점에 처음으로 녀석과 외기투합하는 순간이 왔다. 종아리 주위를 요새처럼 둘러 싼 네 겹의 둥근 링 모양 고정 장치인 일리자로프를 통해, 뼛속으로 들어간 핀의 나사를 서로 조여주기로 한 것이다. 익히 들어 알고 있는 상대의 비명 소리에 면역이 될 만큼 된 시점이어서 눈치 볼 필요도 없었다. 핀 주위를 소독하고 워커를 이용한 걷기 연습 시간을 체크하고 목발 짚기의 코치가 되어주는 일도 번갈아 해주기로 했다. 물리치료실 이용료를 줄이고 퇴원도 앞당길 수 있다는 기대로 녀석과 나는 서로에게 충실한 간병인이 되어갔다.

그리고 거기에 더하여 그녀! 오래도록 바깥바람을 쐬지 못한 내 팔팔

한 젊음은 녀석 못지않게 그녀를 기다리는 걸로 하루해를 소진하곤 했다. 병원에서 만날 수 있는 젊은 여자라고 해봐야 환자복을 입은 머리가 떡 진 병자거나 피곤에 전 간호사가 대부분 아니던가? 그녀는 예쁜 얼굴만큼이나 상냥하고 다정스러웠다. 녀석에게 더 큰 키를 요구한 게 그녀였다는 사실 따위 더는 원망스럽지 않았다. 그녀 정도라면 그럴 만 했다. 21세기 대한민국 여성의 미의 표준에 대해 묻는 이가 있다면 그냥 그녈 보여주면 될 듯싶었다. 너무 얕지도 깊지도 않은 보조개, 매끈하고 까무잡잡하여 섹시함을 더하는 피부, 미간과 두 눈의 비율조차 1:1:1로 흠잡을 곳이 없었다. 허영심으로 가득 찼을 거란 오해에 대해선 사과하고 싶었다. 동그랗고 가녀린 어깨에 샤넬 핸드백이 걸리고, 사랑스럽게 튀어나온 쇄골을 슬쩍 드러내는 버버리 코트 깃 아래서 프라다 스카프가 휘날리는 건 당연했다. 그녀 옆에 자연스럽게 서길 바란다면 당당한 체격을 갖추는 건 기본 중의 기본이었다. 더한 것을 원했더라도 녀석은 그걸 해줘야 했다.

일어설 필요가 없는 상태에서 그녈 만날 수 있다는 게 얼마나 좋은지 몰랐다. 행여 그 녀석이 화장실 간 사이에 오기라도 하면 나도 모르게 마구 입이 벌어졌다. 녀석이 변비였으면 좋겠다는 바람이 간절해졌다. '잠깐 나간 모양인데, 함께 찾아볼까요?'라고 말하는 동안 발음이 내 혀에 착착 감겨들었다. 그녀가 하얗고 고른 잇속을 보이며 약간 들뜬 듯한 명랑한 목소리로, '그럴까요?'라는 오케이 사인과 함께 내 휠체어를 밀어주기라도 하는 날엔, 잠을 이룰 수조차 없었다. 어렵사리 잠이 들어도 이상한 꿈에 시달리기 일쑤였다. 녀석이 죽어 없어지거나 내가 190센티 이상의 거구가 되어 그녀 위에 올라타고 있거나 하는 등 차마 내뱉을 수 없는 기괴하고도 황홀한 꿈이었다.

"그 계집애 얼굴을 보고 있으면 내 얼굴 근육이 여기저기 실룩거려. 그 어색한 표정들이 막 옮을 거 같애. 너나 가려무나. 행여 커피 잔에다 질질 침 흘리진 말고……."

누나는 일어서는 순간까지 그녀에 대한 험담을 멈추지 않았다.

휠체어의 등받이 밖엔 보이지 않았다.

손님이 거의 없었다. 반갑게 손 흔들며 맞아주어야 할 그녀도 보이지 않았다. 밖으로 삐져나온 녀석의 팔을 못 보았다면 난 그냥 돌아섰을지 모른다. 왜 혼자야? 녀석은 휠체어에 태아처럼 웅크리고 앉아 고개를 푹 수그리고 있었다. 베토벤인지 브람스인지가 그녀 대신 녀석을 다독이고 있는 듯했다. 항아리 모양의 죽공예품 전등갓을 투과한 불빛이 탁자 위에 빗살무늬를 그렸다.

"한영이 떠났어."

무슨 말인지 얼른 알아듣지 못했다. 녀석이 여자의 이름을 부른 건 처음이었다. 낯설지 않은 이름이었다. 난 별 생각 없이 다른 테이블로 눈길을 옮기며 어디선가 나타날 장난스런 그녀의 얼굴을 찾았다. 일리자로프를 제거하는 2차 시술이 내일로 예정되어 있다고, 나사 조일 일이 더는 없는 매끈한 다리를 녀석보다 먼저 보여줄 수 있다고 으스댈 생각이었다. 아무래도 그녀 옆에 당당히 설 만한 키는 아니지만, 그 때문에 녀석에 대한 질투심을 견뎌내는 중임을 인정해야 하지만…….

"더는 기다리기 싫대."

가슴 속에서 넘실대던 파도가 순식간에 썰물이 되어 쓸려 나갔다. 그러니깐 다른 여자가 아닌 우리의 그녀에 대한 이야기였다. 왜? 녀석은 말없이 고개만 저어댔다. 도무지 성에 차지 않는 이유였다. 도대체 왜? 난 똑같은 질문을 반복했다. 기껏 두 주 후면 퇴원이잖아, 그런데 왜? 마치 나와 그녀와의 이별을 녀석이 통보해 오기라도 한 것처럼 따지고 들었다.

"처음부터 한영인 자기와 30센티 이상 차이나는 남잘 원했어. 목표치엔 못 미치더라도 이 정도 노력을 보여주면 감동할 줄 알았어. 첨엔 그랬지. 그런데 이젠 아니야. 자기가 원하는 조건에 딱 맞는 남잘 만났대. 수술 따위 필요 없는 우수한 유전자를 가진."

녀석에게 한 방 먹여주고 싶었다. 훌쩍이는 콧방울에, 눈물 번질거리는 볼따구니에, 들썩이지 않으려고 잔뜩 힘을 준 두 어깨에 마구 주먹을 날려주고 싶었다. 미친 새끼, 욕설도 퍼부어 주고 싶었다. 그러고 보니 첫 미팅에서 날 모욕했던 여자의 이름도 한영이었다. 이상스런 일치였다. 녀석이 처음으로 불쌍하게 여겨졌다.

나는 입을 꾹 다물고 녀석의 다리를 잡아당겼다. 그리고는 일리자로프의 나사를 조이기 시작했다. 녀석의 얼굴이 벌겋게 부풀어 올랐다. 터져 나오려는 신음소릴 참느라 오만상을 찌푸린 망나니 탈바가지가 되었다. 처음 녀석을 만나던 날, 수술실에 들어간 그를 위해 올렸던 기도 내용이 문득 떠올랐다. 자신에게 내린 축복을 하찮게 여겼으니 그 죗값을 톡톡히 치르길, 대한민국의 많은 청년들이 가지지 못한 꿈의 수치를 능

멸한 대가로 수술이 잘못되길……. 그때의 기도에 신은 이런 방식으로
응답을 주는가?

　같은 날 퇴원하기로 녀석과 약속했다. 가족 이외에 찾아올 사람이 없
다는 동일한 조건은 좁히지 못한 10센티 차이에 대한 내 굴욕감을 상당
부분 상쇄해 주었다. 두 어머니가 원무과의 계산서를 꼼꼼히 확인하는
사이, 우리는 목발을 짚고 서서 그동안 소원했던 인간관계의 복원을 위
해 각자의 핸드폰 자판을 두드리느라 정신이 없었다.

　군대에서 죽은 줄 알았다는 동기 녀석들, 배낭여행 다녀왔다는 내 거
짓말을 곧이곧대로 믿고서 선물부터 내놓으라는 염치없는 동창들, 그리
고 '크자go' 회원들의 축하와 격려 메시지……. 그중에서도 여자 친구와
의 사진을 첨부한 북극기린의 글이 눈에 확 띄었다. 다정하게 이마를 맞
댄 사진에는 '순풍의 덫'이란 제목이 붙어 있다. 웬 심오한 철학적 농담
이람? 피식 새나온 웃음이 채 가시기도 전에 문장 하나가 더 떴다. '앗!
실수, 돛'

　나는 4.5인치 화면에 그들의 사진이 꽉 차도록 확대해 보았다. 패션업
계에서 존재가치가 인정되기 시작했다는 그의 자랑에 어울리는 여자인
지, 얼마나 예쁜지 확인하고 싶었다. 몹시 낯익은 얼굴이었다. 헉! 내가
너무나도 잘 아는, 바로 우리들의 그녀! 거기에 있어서는 안 되는, 절대
로 있을 수 없는 자리에, 그녀가 있었다. 북극기린과 이마를 맞대고서
해맑게 웃으며. 서둘러 종료 버튼을 눌렀다. 깜짝 놀라 내지른 소리가
행여 녀석에게 들렸을까봐, 뭔데 그러느냐고 물어오기라도 할까봐 잔뜩
긴장한 채로. 내원 일정을 서로 맞추고 주치의 진료실에서 다시 만나잔

약속을 하며 헤어질 때까지 더는 전화기를 열어보지 못했다. 설마, 잘못 보았겠지 하는 강한 부정도 수없이 되풀이했다. 이런 통속적인 사건이 바로 내 주변에서 벌어질 줄이야.

어머니와 아버지가 현대 의술의 신통함에 혀를 내두르며, 돈은 많이 들었지만 그럴 만하다고 자신들의 희생을 위로하는 동안, 차 뒷자리에 앉은 나는 여러 각도에서 그들의 사진을 확인하고 또 확인했다. 분명 그 녀였다. 이해할 수 없었다. 도대체 왜? 사랑과 키 사이에 어떤 함수 관계가 있기에? 따지고 보면 그 녀석과 북극기린의 원래 키 차이는 3센티에 불과한데…… 행복에 겨운 듯 벌어진 입을 다물지 못한 그녀의 얼굴을 찬찬히 뜯어보았다. 키 수술 이후 모든 일이 만사형통이라는 북극기린 에게 그녀는 과연 순풍에 단 돛일까? 처음에 덫이라 올린 글씨는 그저 오타이기만 한 것일까?

그런데 이상했다. 어찌 보면 그녀가 아니기도 했다. 그녀이기 때문에 익숙한 무엇 말고, 오래 전부터 그녀를 알아왔던 것 같은 뭔가 더 근원 적인 익숙함 같은 게 느껴졌다. 그 때문에 그녀가 그녀 아닌 것처럼 느껴지는 기묘한 역설. 어디선가 본 듯한, 한쪽 입술을 일그러뜨리는 독특한 미소가 내 눈길을 사로잡았다. 그녀와 이름이 같은 내 첫 미팅의 파 트너, 그 애가 저렇게 웃었던가? 하지만 자신할 수 없었다. 벌써 4년 가까운 세월이 흘렀고, 까무잡잡하고 매끈한 피부 외에 그녀와 닮았다 할 곳이 별로 없는 얼굴이었다. 누나 말대로 얼굴의 모든 부분을 뜯어 고쳤다면 또 모를까. 단지 이름이 같단 이유로 그런 추리를 하는 건, 녀석에 게 이별을 통보함으로써 내게서 영영 떠나버린 그녀의 무례함에 대한 분노 때문일 것이다. 하필 북극기린의 새 여자친구로 등장하여 어떤 노력으로도 도저히 극복할 수 없는 한계가 있다는 걸 새삼 확인시킨 탓일지도.

그 사이 어머니는 키 수술 전도사가 되기로 작정한 듯했다. 유전법칙을 극복해낸 의술의 승리를 찬양하며, 집도의가 보여준 기적을 목격한 그대로 간증하느라 손에서 휴대폰을 놓지 않았다. 어머니의 친구 중 한 분이 도대체 그 수술을 받은 당사자가 누구냐고, 나에게도 그 수술을 시켰느냐고 묻는 모양이었다.

"아니 그런 건 아니고. 우리 판영이는 군대 가서 컸다니깐. 왜 늦게 크는 애들도 있잖아! 자네가 아들내미 걱정하던 게 갑자기 생각나서 그런 수술도 있다고 알려주는 거야."

얼버무리는 어머니의 입술이 파르르 떨렸다. 내가 아들 앞길 막을 일 있어? 전화를 끊고서 어머니는 잠시 흥분했던 자신을 책망했다. 순식간에 배교자가 되었단 사실에는 아무런 죄책감도 느끼지 않는 듯했다.

오랜만에 친구 녀석들을 만나기로 했다.

떡 벌어진 어깨, 탄탄한 가슴 근육, 그리고 아쉬운 대로 봐줄 만한 키. 나는 거울 앞에서 나를 향해 윙크를 날렸다. 그렇다. 이제 나는 더 이상 164가 아니다. 대한민국 20대 남성의 키 수준을 도수분포표로 그린다면 그래프가 막 치솟아 올라가는 부분에 내 위치가 설정될 것이다. 중절모의 윤곽선을 닮은 그래프에서 낮고 편평한 챙 부분을 지나 가파른 상승 곡선이 시작되는 28% 지점쯤, 보통 사람의 계열로 막 진입해 들어가는.

신발장에서 구두를 꺼냈다. 말년 휴가 이후로 신어보지 못한 신발에
는 먼지가 잔뜩 앉아있다. 키높이 깔창도 그대로다. 나는 구둣솔로 먼지
를 털어내고 잠시 망설였다. 깔창을 빼낼까 말까……. 그냥 그대로 신
어. 몇 센티 늘렸다고 거들먹거릴 처지니, 대한민국 땅에서? 누나의 목
소리였다. 평소답지 않은 조곤조곤한 말투가 사뭇 다정스러웠다.

웅녀를 위한 헌화가

웅녀를 위한 헌화가

실험 종료가 며칠 앞으로 다가왔다. 웅녀도 행운도 이제 곧 그의 권역을 벗어날 것이다. 신 박사는 바깥 창을 두드리는 세찬 빗줄기에 눈길을 주었다. 한 여름 낮의 빗소리는 듣는 것만으로도 시원스럽다.

메모장에 동그라미 하나를 더 그려 넣게 될 날도 머지않았다. 신세계를 개척하는 과학자로서의 도전이 성공적이었는지 평가하기 위해 특별한 기호를 창안할 필요는 없었다. ○, ×, △ 세 가지 기호로 충분했다. 기호가 지시하는 방향성은 더욱 단순했다. 성공 혹은 실패로서의 종결 아니면 언젠가의 도전을 기약하는 유보. 그토록 간결한 기호들로 채워진 자신의 메모장에서 새로운 실험에의 영감을 얻는 경우가 적지 않았다. 신 박사는 얼음이 다 녹아 농도가 묽어진 냉커피를 한 모금도 남기지 않고 둘러 마셨다.

"얏호!"

김 군이 의자에서 벌떡 일어서며 환호성을 질렀다. 모두들 김 군을 돌아보았다. 빗소리를 자장가 삼아 졸음에 빠져들던 이들도 게슴츠레 감기던 눈을 반짝 떴다.

"박사님, 이백 건을 넘어섰어요. 신청 서류가 쇄도하고 있다구요."

모든 시선이 일제히 그에게로 향했다. 궁금증 가득한 눈빛들이었다.

"이러다간 경쟁률이 삼백 대 일을 넘길지도 모르겠어요. 행운이 입양건 말예요."

여기저기서 낮은 탄성이 흘러나왔다. 끝내주는 혜택이 입소문을 탔을 거라느니, 자기 엄마도 쉰 살 넘은 걸 한탄했다느니 하는 식의 추임새도 이어졌다. 김 군이 논평을 덧붙였다.

"웃기지 않아요? 우리 연구소가 범죄 집단이라도 되는 양 몰아세우던 치들이 이젠 서로 행운일 맡겠다고 나서는 게?"

웹 페이지가 다운될 정도로 항의 글을 올려댄 이들과 입양 신청 접수자를 동일 인물로 추정하는 건 분명 오류였다. 하지만 아무도 김 군의 부주의를 지적하지 않았다. 그동안 여론의 뭇매를 맞은 데 대한 불평을 터뜨리며 오히려 그에게 동조하고들 나섰다.

"맞아요. 오늘 기사도 정말 어이없었어요. 우리가 방종한 여성들의 모성 포기를 적극적으로 후원하고 있다나요? 극단적 페미니즘의 전도사라나, 왜곡된 여성 해방의 기수라나……."

"모성의 상품화로 여성소외를 일상화시킬 거라며 우릴 반 여성주의자로 모는 자들도 수두룩해요. 인터넷 논객 중엔 우리가 한민족의 모신母神 웅녀를 모욕했다는 치도 있어요."

"정말 웃겨. 자기들 입맛에 따라 전혀 다른 논지를 펼치는데도 어쩌면 그리 똑같은 결론에 이르는지. 임신과 출산의 신성한 영역을 물질적 논리로 왜곡하지 말라!" 신 박사는 질시와 험담, 곡해와 비난을 탯줄로 삼아 영웅은 태어나는 거라고 말하려다 그만두었다. 어차피 여론은 협약 체결을 기점으로 방향전환을 하게 되어있다. '휴먼 3.0' 같은 세계적인 로봇 제작회사가 투자를 결정했단 사실이 알려지면 그들의 비아냥거림은 순식간에 찬송가로 변모할 것이다. 세계 최초, 국익 창출, 진화의 정점……. 그들이 주워 삼킬 단어의 목록이 짚이고도 남았다. 임신과 출산은 물론이고 양육까지를 총체적으로 담당하는, 인류 역사상 최초의 완벽한 '엄마 로봇'에게 붙여진 웅녀라는 이름에 대해서도, 우리 신화의 세계화라며 으쓱거릴 부류가 생겨날 것이다.

굵은 빗줄기가 자락자락 창문을 때렸다. 빗물은 유리창 전면을 타고 흐르면서 바깥 풍경을 아무렇게나 뒤섞어버렸다. 어디가 잔디밭이고 어디가 자갈길인지 구분되지 않았다. 지붕의 빨간 색이 아니라면 별관조차도 나무들 사이 어디쯤에 있는지 찾기 어려울 것 같았다. 모니터링 중인 화면들은 거기서 거기인 빤한 장면만 보여주었다. 각 층의 실험실이며 복도, 계단이며 엘리베이터 등 모든 공간이 비오는 한낮의 나른함 속에 푹 잠긴 듯했다.

신 박사는 등받이가 높은 의자를 최대한 뒤로 젖혔다. 반쯤 눕다시피

앉은 자세로 별관 내부를 비추는 중앙 화면에 눈길을 주었다. 행운이 소파 위에서 뒹굴며 엄지손가락을 빨아대고 있다. 우유병을 들고 와 행운일 어르는 웅녀, 아기를 업고 유칼리나무 가지를 오르는 엄마 팬더는 액자 밖으로 눈길 한 번 주지 않고, 수족관 안에선 기포가 피어오르다 사라지고……. 너무 낯익어서 지루한 그런 풍경이었다. 그는 설핏 졸음 속으로 빨려 들었다. 빗소리가 쉼 없이 귓가를 맴돌다 아스라이 멀어져갔다.

흰 빛줄기 하나가 그의 눈꺼풀을 스쳤다. 다시 한 번, 그리고 또……. 눈부신 빛의 잔상에 그는 감은 눈을 파르르 떨었다. 어둔 하늘 곳곳에서 터뜨려지는 번갯불은 그에게 퍼부어지는 자연의 찬사였다. 인공자궁 개발로 출산율 저하의 획기적 대안을 마련한, 인간 종의 자멸 사태를 막은 그에게. 우르릉 콰쾅! 이어지는 굉음은 수많은 인파의 박수소리며 환호성일 것임에 분명했다. 정서적으로 안정된 양육자를 창조한 그가, 인간의 유아기 트라우마 생성을 근절시킨 그가 마땅히 누려야 할. 신 박사는 이십 년 넘는 세월을 오롯이 바치는 동안 꿈꿔왔던 영광의 순간에 흠뻑 빠져들었다. 식도를 타고 넘어간 알코올이 온몸의 혈관으로 퍼져나갈 때처럼 짜릿짜릿했다.

"박사님, 뭔가 이상해요. 여기 좀 보세요! 빨리요!"

그를 깨운 건 별관 모니터링 담당자인 박 조교였다. 평소답지 않은 호들갑에 그는 마지못해 눈을 떴다. 깊은 잠에서 깨난 듯 몽롱했다. 검푸른 빗물로 코팅된 창유리가 현실감을 더욱 떨어뜨렸다. 그는 기지개를 켰다. 자꾸만 하품이 터져 나왔다. 달콤한 잠기운을 털어내지 못한 신 박사가 꾸물대는 사이 연구원들이 모니터 앞으로 다투어 몰려갔다. 무슨 일이야? 왜 저래?

모니터 앞에서 웅성거리는 이들을 헤치고 그는 박 조교의 헤드폰을 건네받았다. 웅녀의 자장가 소리가 고막을 파고들었다. 온몸의 근육을 이완시키는 다정하고 감미로운 노랫가락이었다. 아기에게 젖을 물린 채로 자장가를 부르는 어머니의 모습은 인류가 고안해 낸 최고의 평화로운 풍경이다. 웅녀가, 그가 만들어 낸 엄마 로봇이 바로 그런 광경을 연출하고 있는 중이었다. 한 잠 더 청하고 싶은 기분에 그는 살포시 눈을 감았다.

"들으면서 보시라구요. 자장가 소리와 웅녀의 표정……!"

박 조교의 단호한 주문에 그는 눈을 크게 떴다. 그러고 보니 뭔가 어울리지 않았다. 웅녀의 낯빛은 평화를 불러들이는 순간의 그것이 아니었다. 차갑기 그지없는, 아니 표정 자체가 아예 없는, 뭐라 형언할 수 없는 무심함! 소파나 침대 같은 가구, 냉장고나 정수기 같은 주방 기구에게 표정을 요구할 수 없듯 막막한 거리감이 느껴지는 그런 무표정이었다.

인종별, 성별, 연령대 별로 30만 명의 표정을 분석한 데이터베이스 위에 만들어진 그녀의 안면근육은 이번 프로젝트의 핵심기술 일부였다. 도노휴의 브레인게이트 시스템을 열 배 이상 향상시킨, 21세기 중반 최고의 과학혁명이라고 전 세계 로봇공학자들이 떠들어댄 바 있다. 은단 한 알 크기의 센서에 100여 개의 마이크로 전극을 장착하여, 뉴런 전기 신호를 0.0001초 단위까지 전달할 수 있었기 때문이다. 웅녀가 수많은 경쟁자를 물리치고 '엄마 로봇' 시장을 평정할 수 있었던 데는 풍부한 감정 표현과 탁월한 반응능력을 갖춘 안면근육이 큰 몫을 했다. 그런 웅녀에게서 일어날 수 없는, 일어나선 안 되는 일이 벌어진 것이다.
각 부문의 담당자들을 불러 모으는 신 박사의 목소리가 날카로웠다.

"유 박사! 뉴런 전기신호 체계부터 점검해 봐요. 정 박사는 안면근육
센서와 운동피질 사이 연결부위를 확인하고."

신 박사는 오랜만에 찾아온 흥분이 별로 유쾌하지 않았다. 진보의 결
정적 순간에 미세한 오류가 전 체계를 망가뜨리는 경우를 종종 보아왔
다. 호모 사피엔스의 번식과정을 기계적으로 시스템화 할 수 있다는 걸,
여성의 몸을 배제시키고도 인간 종의 존속이 가능하다는 걸 만천하에
선포할 역사적 순간이 코앞인데…….

"박 조교는 웅녀의 행동과 표정 변화를 계속해서 관찰해. 다들 자기가
맡은 분야에 다른 이상은 없는지 점검해 보고, 김 군은 투자사 임직원들
의 방문이며 언론사 인터뷰, 입양 신청인 면접 일정 등을 상황에 따라
유연하게 조절하도록."

신 박사의 말이 접수 불능에 이를 정도로 빨라졌다. 오류를 참을 수
없는 극도의 민감성이 그에게 채찍을 휘두르는 듯 했다.

임 여사는 건너편에 앉아있는 젊은 부부를 찬찬히 뜯어보았다. 생머
리를 뒤로 질끈 묶은, 다소 고집스러워 뵈는 긴 콧대를 가진 여자가 입
술을 잘근잘근 깨물어댔다. 넥타이를 단정히 맨 양복 차림의 남자는 손
가락 마디를 꺾어 우두둑 소릴 내는 데 열중이었다. 초조한 빛이 완연했
다. 임 여사는 그들 부부가 한 수 아래로 보여 적잖이 마음이 놓였다.

"젊은 양반들이 어떻게 알고?"

임 여사가 먼저 말을 건넸다. 왠지 궁금했다. 하루 종일 컴퓨터와 동고동락하는 셋째나 되니까 찾아낸 한 나절짜리 제한 공고였다. 게다가 일반인이 접속할 일 없는 '인구정책연구소'의 홈페이지에 신기루처럼 떴다 사라진 내용이었다. 입양에 아무리 관심이 많아도 그런 공고를 찾아낸다는 건 하늘의 별 따기였다.

"아주머닌요? 이젠 손자 키우실 나이가 된 거 같은데……."

대답이라기 보단 도전에 가까운, 여자의 당돌한 반문에 임 여사는 당황했다. 입양이라면 벌써 십육 년 경력의 베테랑이다. 밤잠 못자며 기저귀 갈고 시간 맞춰 우유 먹이는 게 너무 힘들어 두 번째 입양부턴 기저귀를 뗀 아이만 들이기로 원칙을 세웠을 만큼 치밀한 그녀였다. 그러다 보니 맨 처음 입양한 아이가 서열 상 셋째가 되어 가족관계 증명서 작성 때 얼뜬 공무원에게 몇 번이고 설명을 해주어야 했다. 임 여사는 긴 콧대 여자의 기를 눌러놓기로 했다.

"호호, 그레 보이우? 하긴 우리 큰 애가 지금 스물 둘이니깐."

"그런데 왜?"

젊은 부부는 동시에 입을 벌리고 동시에 물었다. 생활비가 필요해서. 하마터면 솔직하게 말할 뻔 했다. 흠흠, 임 여사는 헛기침을 삼켰다. 둘째까지 성년기를 지나버려 양육비 지원이 상당액 삭감되었다는 사실을 그들에게 굳이 알릴 이유는 없었다.

"암만 봐도 신혼부부 같은데 아일 낳지 않고?"

"우릴 야만인으로 보시는 거예요? 요즘 세상에 촌스럽게 누가 애를 낳아요?"

긴 콧대 여자의 이마에 미세한 주름이 잡혔다. 손가락을 꺾어대던 남자가 제 아내의 어깰 감싸며 소곤거렸다.

"그러니깐 오지 말자고 그랬잖아! 애는 저런 할머니들이나 키우는 거야. 그냥 가자구."

"아직도 내 말이 이해 안 돼? 복권이라고 했잖아! 매주 보고서 한 장만 작성하면 되는데 지금 직장보다 두 배를 더 준단 말야. 그것도 애가 성년이 되기까지 18년 동안이나."

임 여사는 침을 꿀꺽 삼켰다. 이번 입양은 절대로 놓칠 수 없는 대어였다. 그녀는 심호흡을 하고 다른 경쟁자들을 둘러보았다. 한 쪽 구석에 다리를 꼬고 앉아 책장을 넘기고 있는 아가씨 하나와 부부라기엔 나이나 분위기가 영 어울려 뵈지 않는 남녀 한 쌍, 그리고 임 여사보다 젊어 뵈는 중년 부부 두 쌍에 객쩍은 낯빛으로 고갤 숙이고 있는 늙수그레한 남자까지 총 일곱 팀이었다. 아일 입양하겠다고 나선 이들의 면면 치고는 다들 뭔가 어설프게 보였다. 다리를 꼬고 앉아 책장을 넘기던, 반짝거리는 눈빛이 꽤나 지적으로 보이는 아가씨가 딱히 누구에게랄 것 없이 말을 건넸다.

"교육학이나 어린이 심리학 같은 책은 좀 읽고들 오셨나요? 그런 분야 질문이 많을 거라던데."

"그런 정보를 어디서 들으셨어요? 자기야, 어떡해?"

임 여사에게 꼬박꼬박 말대꾸를 하던 긴 콧대의 여자가 아가씨와 자기 남편에게 동시에 질문을 던졌다. 낭패스런 표정이 역력했다. 가슴이 철렁하기는 임 여사도 마찬가지였다. 여섯 명의 아이들을 입양하는 동안 '자녀양육 적격심사'라는 형식적인 절차 이외에 까다로운 면접시험 같은 건 없었다. 면접대상자로 선정되었습니다. 사실 그런 전화 자체가 그녀로서는 우스꽝스러웠다. 어린애 하나 입양하는 게 무슨 대학입시도 아니겠고. 하지만 돌이켜 생각해보니 막내를 입양하던 때가 벌써 십여 년을 훌쩍 넘긴 옛날이다. 입양이 적극 권장되던 시절은 이미 지나갔다. 국고 보조가 늘어나면서 입양 자체가 하나의 안정된 직업으로 변질되는 바람에 입양 경쟁이 갈수록 치열해지는 판국이었다. 그런 점에서 임 여사는 시대를 앞서 살았던 셈이다.

"경쟁률이 엄청났대요. 면접 보러 간다니까 얼마나 부러워들 하는지. 특별한 능력이 있으니 특별한 아이를 맡게 될 모양이라며……."

아가씨의 얼굴에 주위사람들을 얕잡아보는 듯한 묘한 미소가 떠올랐다. 임 여사는 종잡을 수 없는 그녀의 미소에 마음이 잔뜩 졸아들었다.

"아는 게 참 많으시네요. 미혼이신 거 같은데 입양인 후보 물망에 오른 것도 그렇고…… 배경이 좋으신가 봐?"

긴 콧대의 여자가 비꼬는 투로 물었다. 임 여사는 입 꼬리를 올리며 피식 웃었다. 여자에 대한 반감이 순식간에 줄어들었다. 그러거나 말거나 전혀 신경 쓰지 않는다는 태도로 아가씨는 자기주장을 길게 늘어놓았다.

"전 세계의 이목을 집중시킨 역사적 실험이란 건 다들 알고 오셨죠? 그 정도 비중 있는 국가적 사안이라면 거기에 걸맞는 능력을 갖춘 사람이 필요하지 않겠어요? 높은 급여에 매력을 느꼈거나 노후의 안정된 생활자금이 목표인 사람과는 거리가 머언……!"

아가씨의 마지막 발음이 길게 늘어졌다. 아주 건방진 말투였다. 그들의 대화에 초연해 보이던 늙수그레한 남자가 갑자기 끼어들었다.

"비중 있는 국가적 사안에 걸맞는 능력이라, 아가씬 그게 뭐라 생각하오? 어차피 사람 하나 키워내는 일인데 애정과 진정성만으론 부족한가요?"

"그 기준을 어디다 두죠? 누군들 그런 대답을 못하겠어요? 전 소아과 병원에서 근무하는 간호사예요. 거의 진공의 보육환경에서 태어나 자란 아일 생각하면 면역력도 그렇고 신경의학적인 측면에서도 세심한 주의가 필요하겠죠. 20년 후, 이 아이의 모습이 바로 미래 인류의 모습이니까요."

흠잡을 데 없는 야무진 대답이었다. 모두들 한숨을 내쉬었다. 임 여사는 자기도 모르게 내뱉었다. 아가씨야말로 아이들에 대해 전혀 알지 못하는 진공 상태로 보였다.

"이봐요, 아가씨! 애들이란 책이나 주사바늘로 기르는 게 아니라우. 완벽한 기계가 잘 키우던 애를 왜 갑자기 사람한테 맡기려 하겠수? 사람 새끼다운 평범한 환경이 필요해서 그런 거 아니우?"

다른 이들의 시선이 일제히 임 여사에게로 집중되었다. 속 시원히 말해줘 고맙다는 표정들이었다. 하지만 다는 아니었다. 서로 어울려 뵈지 않는 한 쌍 중 남자 쪽이 토를 달고 나섰다. 반들거리는 대머리에 턱수염은 한 자나 늘어뜨린, 자기 스스로의 인상마저도 부조화해 보이는 사내였다.

"우리 솔직해집시다. 로봇 회사 광고용 모델 사육에 우리가 사육사 노릇하러 나선 거 아니오?"

사내의 냉소가 좌중을 압도했다. 임 여사는 왜인지 얼굴이 화끈거려

고개를 들 수 없었다. 때마침 그들을 대기실로 안내한 젊은이가 나타났다. 심사든 면접이든 곧 시작될 거라는 기대가 임 여사를 다소 진정시켰다. 이제 와 새삼 부끄러울 게 무언가? 입양아들로만 이루어진 그녀의 육남매 가정은 각종 매스컴에 오르내리면서 한 때 전국적으로 화제가 되었다. 가족부장관 표창을 받았고, 명절이나 어린이 날 같은 때 적잖은 성금을 기부 받았고, 시의 인구정책 홍보대사로 위촉되기도 했다. 그러는 동안 임 여사는 인류 멸종이라는 범지구적 재앙을 막아내고자 한 생을 건 투사로 추앙되기까지 했다.

"귀한 시간 내주셔서 감사합니다. 아동 심리학, 인지 행동과학, 정신 분석학 분야의 최고 권위자분들께서 심사를 해주실 겁니다. 여러분은 질문에 성실히 응답해 주시기 바랍니다."

마침내 시작되었다. 연봉 얼마짜리 아기인가를 임 여사는 다시 한 번 헤아려 보았다. 최상의 조건이면서 동시에 최후의 기회였다. 입양 신청 자격이 상실되는 만 오십 살 생일이 낼모레다. 심사장에 들어서는 순간 누가 가장 막강한 영향력을 행사할 면접관인지 간파해내는 게 관건이다. 양육경력이라면 누구에게도 지지 않을 자신이 있다. 그녀는 위아래 입술을 비볐다. 입술이 마찰되면 실핏줄의 혈류가 활발해져 조금 더 생기 있어 보일 것이다. 깃을 여미고 무릎을 꼿꼿이 세웠다. 발뒤꿈치에 힘을 주었다. 오랜 만에 찾아 신은 하이힐 소리가 젊은이의 등 뒤에서 경쾌하게 울려 퍼졌다.

박 조교는 웅녀의 일과 보고 V4-711호를 전송받았다. 웅녀의 얼굴 빛은 무척이나 담담했다. 행운의 짐 가방을 정리하면서 보여주었던 슬픈 빛은 그 어디에도 남아있지 않았다. 연구소와의 마지막 교신이 될지 모르는데 아쉬운 기색 하나 느껴지지 않았다. 소파에 다소곳이 앉아 그를 물끄러미 바라보는 게, 외려 새로운 것에 대한 기대나 설렘으로 들떠 있다는 느낌조차 주었다. 반나마 벙글어진 붉은 양귀비꽃이 그녀의 가슴 한 가운데서 파르르 떨었다. 탄탄하고 매끄러운 그녀의 속살에 꽃물이 들어 흰 원피스 자락 아래로 발그레하니 얼비쳤다. 그는 별관 중앙 홀을 비추는 모니터에서 눈길을 뗐다. 웅녀의 말끄럼한 눈빛을 무심하게 받아넘길 수가 없었다.

"슬프지 않아?"

"뭐가요?"

"이제 실험이 종료될 거고 그러면 넌 여길 떠나야 하잖아."

"종료는 끝, 끝은 새로운 시작. 그리고 시작은 기대! 슬프면 안 되는 거예요."

뭔가가 그의 뇌리를 사정없이 후려쳤다. 낙뢰에 의한 전파 교란 현상으로 결론 난 그 날의 무표정에 대해 그는 여전히 의문을 품고 있었다. 웅녀의 정수리에 꽃눈 모양의 피뢰침을 꽂아놓는 것으로 상황을 종료한 건 아무래도 억지스러웠다. 그 해답을 찾은 듯싶었다. 입력 없이 출력이 발생할 수 없다. 어느 한 단어가 촉발시킨 이미지의 연쇄 과정이었음이 분명하다. 그는 자신이 그날 내뱉은 말들을 되새겨 보았다. 멍청한 것, 행운이 널 기억이나 해줄 거 같아? 진짜 엄마라도 되는 양 까불지 말고 깡통이면 깡통답게 굴어. 입양 신청서가 쇄도한다며 김 군이 기뻐 날뛰던 그때, 아무 것도 모른 채 행운의 칭얼거림에 전전긍긍하는 웅녀가 왠지 바보처럼 보였다. 그는 깡통이라는 낱말에 강한 억양을 실었다. 비속 어까지 섞어가며 그 말을 반복했다. 웅녀의 표정이 굳은 건 그때부터였 다. 몇 번을 돌이켜 생각해 봐도 그랬다.

"아주 침을 질질 흘리고 앉았구나. 속살이 다 비치는 드레스를 사다 입힐 때부터 수상쩍더라니."

직속 선배 유 박사가 실실 웃으며 커피 잔을 건넸다. 헤이즐넛 향이 목덜미를 슬그머니 휘어 감았다. 박 조교는 헤드폰을 벗고 송신용 마이 크를 껐다. 사적인 대화를 웅녀에게 들려줄 필요는 없다.

"형, 우리가 왜 그 생각을 못했을까? 웅녀에게 직접 물어볼 수도 있었 는데 말야."

무심코 지나친 몇몇 경우들이 떠올랐다. 눈 깜빡할 사이 스쳐지나가 혼자서 고개를 갸웃거리다 말았던 이상한 표정들이. 깔깔대며 웃어야 할 상황에서 두 눈을 동그랗게 뜨고 놀라워하거나, 눈물 나게 슬픈 얘기에 환한 미소를 짓거나, 행운의 재롱을 보며 짜증스런 낯빛을 하거나…….

"우리가 통제할 수 없는 어떤 게 그녀 내부에 있어. 형은 혹시 그런 거 못 느꼈어?"

"아서라, 그렇다고 휴먼 3.0사와 결투를 벌일 순 없잖니?"

"장난치지 말고 잘 봐. 웅녀의 표정 말야. 이별이나 헤어짐 같은 단어 에 반응하도록 입력된 표정이 전혀 안 나타나잖아."

"짜식, 순진하기는! 이럴 땐 그저 시 한 수 읊는 거야. 영변에 약산 진 달래꽃 아름 따다 가실 길에 뿌리오리다. 가시는 걸음걸음 놓인 그 꽃을 사뿐히 즈려밟고 가시옵소서!"

연구원들 모두 흐물흐물 웃어댔다. 그의 의문 제기에 아무도 진지하게 반응하지 않았다. 유 박사는 한 술 떠 떴다.

"하기야 웅녀를 보고서 침 흘리지 않으면 그게 비정상이지. 선녀 뺨치는 미모에 쫙 빠진 몸매, 상냥한 말씨에다 순종적인 태도, 누구 말이든 듣는 족족 무조건 믿어버리는 순수한 백치미! 그야말로 별유천지 비인간이라!!"

연구소의 잡다한 행정 업무를 통괄하는 김 군이 불쑥 끼어들었다.

"아무래도 웅녀한테 혹 간 사람은 유 박사님 같은데요?"

나이 지긋한 연구원 하나도 가세했다.

"저런, 마늘 대신 전기를 먹는 여자가 전도양양한 대한민국의 젊은 과학자들을 유혹하는 팜므 파탈이었어? 신 박사님께서 여자 연구원을 절대로 들이지 않은 까닭을 알겠네 그려. 질투심에 못 이겨 웅녀를 깨부숴버릴까 봐 미리 경계하신 게야. 흐훗!"

그들의 잡담을 귓가로 흘려보내며 박 조교는 혼자만의 생각 속으로 빠져 들어갔다. 웅녀의 표정에서 이상스러운 점이 포착된 건 행운의 어휘력이 폭발적으로 늘어난 최근 몇 주 사이에 집중되어 있다. 앞뒤 없는 질문이 시도 때도 없이 이어지고 여러 가지 욕구 표현이 동시다발적으로 쏟아지면서 말이다. 상반되는 요구사항이 한꺼번에 접수되었을 때 웅녀는 나름의 대응 방식을 찾아야 했을 것이다. 그녀의 논리적 두뇌는 가장 인상적인 낱말 하나를 선택하고, 그에 따른 이미지 연쇄과정을 거쳐 상황에 어울리는 표정과 행동을 만들어 냈으리라. 조금 전에 스스로 설명하지 않았던가? 종료는 새로운 시작이고 시작은 기대인 만큼 슬픈

게 아니라고. 그가 웅녀를 깡통이니 뭐니 자극하던 시점에 벼락이 떨어진 건 순전히 우연이었다.

"자, 일들 합시다. 마지막 점검입니다."

신 박사의 흰 가운이 복도 유리창에 어른거리자 유 박사의 말투가 갑자기 딱딱해졌다. 모두들 표정을 정돈하며 자기 자리에 가 앉았다. 늦여름의 석양빛이 바람에 불려 어른거리는 금박 무늬로 연구실 바닥을 수놓았다. 박 조교는 방금 전의 추정에 대해 보고를 할까 말까 망설였다. 사실 재검토는 불가능할 것이다. 사례 수집만 하려해도 V4에 기록된 711일 만큼의 시간이 다시 필요하다. 의미 있는 관찰 결과가 나올 경우 유형별 분석을 거쳐 입출력간의 상관계수를 재조정하기까지는 얼마가 더 소요될지 알 수 없다. 그는 입안에 고인 침을 꿀꺽 삼켰다. 네 시간 후면 웅녀는 고도 3000피트의 하늘 위에 떠있을 예정이다. 움직임을 부추기는 모든 번잡한 명령어들과 전기 자극에서 벗어나, 철저한 무심과 평온 속에서 무아의 경지에 든 채로. 그가 걸림돌이 될 수는 없는 일이었다. 그의 문제제기를 신 박사나 선배 연구원들이 받아줄지에 대한 염려가 아니더라도 말이다.

박 조교는 연구실 직원 모두가 매달려 있는 그녀의 여행 준비에 동참할 채비를 했다. 그동안 수신된 일과 보고 내용과 웅녀의 기억장치에 저장된 내용이 정확히 일치하는지 확인하는 검색 프로그램을 작동시켰다. 웅녀는 각 연구원들이 원격 조정으로 진행하는 부분별 과정이 더러 겹치거나 충돌하면서 과부하가 걸려도 전혀 동요하지 않았다. 저녁 어스름을 껴안은 창살이 그녀의 이마에 격자무늬 그림을 새겨 넣었다. 살포시 눈을 감은 그녀의 얼굴엔 어떤 표정도 깃들이지 않았다.

66%, 71%, 83% ……. 검색 프로그램 실행 이십여 분이 지나자 진행 속도가 급격히 상승했다. V9 완료, 작업 시작 이후 채 반 시간도 지나기 전에 중앙 모니터에 첫 신호가 떴다. 이후 3~4분의 간격을 두고 V12, V5, V8 등이 줄줄이 완료 신호를 띄웠다. 박 조교가 담당한 V4를 마지막으로 웅녀의 모든 기억에 대한 검증과 확인 작업이 완료되었다. 그녀 내부에 그대로 남겨질 기억과 삭제되어야 할 기억이 정확히 분리되었다.

과정이 진행되는 동안 웅녀는 잘 다듬어진 조각상처럼 미동도 하지 않았다. 두 손을 포개 무릎 위에 올려놓고 앉은 자세 그대로 손가락 하나 까딱하지 않았다. 불빛에 홀려 창틈을 파고들었을 나방 한 마리가 그녀의 치맛자락 위로 날아와 앉았다. 활짝 핀 양귀비의 노란 꽃술을 뒤덮은 잿빛 날개엔 태극 문양이 선명했다.

삭제과정은 훨씬 빠르게 진행되었다. 그녀의 척추 마디마디에 심어진 메모리칩에서 행운이라는 특수 개체와의 관계 내용이 지워지기 시작했다. 새로운 태아를 맞이하기 위해 여성의 몸이 월경을 허락하듯 웅녀는 완전히 순응하는 자세로 자신을 맡겨두고 있었다. 그 사이 박 조교는 V3 담당자와 함께 차를 나눠 마시며 잠깐의 여유를 누렸다. 그녀의 3번, 4번 경추에 삽입된 메모리칩은 처음부터 제거용으로 설계되어있어 별도의 삭제 작업이 필요하지 않아서다.

포배기의 수정란을 착상시켜 행운이라는 인간 개체의 출산에 이르기까지 웅녀의 인공자궁 내부를 기록한 250일 간의 영상 파일 V3 신생아에서 24개월의 영아로 자라기까지 행운의 성장 과정을 담은 711일 간의 일과 보고 V4. 두 개의 기억장치는 오로지 행운에 관한 것으로 이제 다른 아기의 엄마가 되어야 할 웅녀에겐 불필요한 잉여였다. 보편적 모성애에서 분리되어야 하는, 신경망 연결 부위를 차단한 다음 경추에서 제거만 하면 되는 것들.

창은 어느새 짙은 어둠에 포위되었다. 도로 위를 질주하는 차량의 소음이 더욱 맹렬해졌다. 밤벌레들이 찌릿찌릿 울어대기 시작했다. 행여 찻소리에 묻힐까 걱정스러운 듯 벌레들은 다투어 목청을 돋웠다. 신 박사가 연구원들 하나하나에게 악수를 청했다.

"다들 수고했어요. 여러분의 헌신과 노고로 우리 연구소가 인류사 변혁의 중심에 우뚝 섰습니다. 수많은 과학자들의 실패와 좌절을 딛고 마침내 신인류의 발상지가 된 것입니다. 우리들의 웅녀는 이제 한반도를 넘어 세계 모든 민족의 어머니가 될 겁니다. 수많은 선진국 정부들이 출산율 하락을 막기 위해 제2, 제3의 웅녀들을 간절히 원하고 있습니다."

우와!! 신 박사의 때 아닌 연설에 여기저기서 탄성이 터져 나왔다. 훌쩍 큰 키로 3층 사무실을 들여다보던 오동나무 잎이 후르르 저녁 이슬을 털어냈다.

"머지않아 여러분은 인간 종의 분류기준에 항목 하나가 더 추가되는 걸 보게 될 겁니다. 피부색, 국적, 성별 이외에 유아기 엄마의 정체성에 따라 웅녀 족인가 비 웅녀 족인가 하는 식으로 말이죠."

"그렇다면 박사님은 천제 환인이시고 우리들은 천신의 무리로군요. 행운의 이름도 바꿔야겠네요. 단군이라고."

한 연구원의 장난기 서린 응수에 모두들 박장대소했다. 하지만 신 박사는 웃지 않았다. 그의 낯빛은 상기되고 목소리엔 더욱 힘이 들어갔다.

"과학과 신화의 접점에 관한 예리한 통찰이라고 칭찬해주고 싶군요. 자랑스러운 여러분, 그럼 이제부터 맘껏 휴가를 즐기십시오."

두둑한 성과급과 휴가비에 도취된 연구원들은 당장의 술자리부터 해외여행계획에 이르기까지 정신없이 떠들어댔다. 파리한 달빛이 창틀에 걸려 가쁜 숨을 토해냈다. 반쪽이 뭉텅 잘려져 나간 하현달이었다.

연구소에서 별관으로 이어지는 자갈길엔 마치 소금가루가 흩뿌려진 듯했다. 희부연 달빛이 아무데나 퍼질러 내려앉은 탓이다. 박 조교는 선뜻 발걸음을 내딛지 못했다. 등 뒤로 마구 퍼부어지던 따가운 눈빛들이 아직도 그의 뒷덜미를 잡아당기는 것 같았다.

조립 완성품으로 배달되어 온 웅녀를 맞아 별관까지 안내하는 일이 그가 첫 출근 날 지시받은 첫 번째 임무였다. 안녕하세요? 공장 마크가 사방연속무늬로 찍힌 비닐 포대로 겨우 알몸을 가린 그녀는 부끄러워하는 기색도 없이 선뜻 인사를 건네 왔다. 선배 연구원들의 짓궂은 미소가 그들을 에워쌌다. 이렇게 환영해 주시니 감사합니다. 저는 웅녀라고 해요. 여러분을 만나서 무척 반가워요. 그녀는 명랑한 목소리로 모두를 돌아보며 인사했다. 야유 섞인 환호성이며 휘파람 소리에도 그녀는 스스럼이 없었다. 왜인지 그는 창피스러워 고갤 들 수 없었다. 택시 기사와 요금 문제로 승강일 벌이는 엄마 곁에서 발등만 쳐다보고 서 있던 어린 시절의 어느 날처럼 볼이 벌겋게 달아올랐다. 그녀를 안내하는 길 내내 자갈돌들이 발밑에서 서로를 간지럼 태우며 와글와글 뒹굴었다.

별관 주변을 둘러싼 하얀 목재 울타리가 어둠 속에서 안내 표지판처럼 반짝거렸다. 그는 호흡을 가다듬었다. 이젠 아무 것도 되돌릴 수 없다. 웃자란 풀잎들이 바짓가랑이에 감겨들었다. 그새 이슬에 젖었는지 축축했다. 현관문을 몇 번 두드리기도 전에 웅녀가 고개를 내밀었다.

"저희 집에 오신 걸 환영합니다."

기쁜 빛을 띤 해맑은 얼굴의 그녀가 두 팔을 벌려 그를 끌어안았다. 매번 비슷한 표정, 똑같은 제스처, 그리고 변함없는 인사말. 처음엔 가슴이 떨렸고 몇 주 지나자 지겨워졌고, 일 년쯤 후엔 손님에게 그녀 식의 환영 인사를 하는 자신이 아무렇지 않았다.

"메모리칩을 꺼내러 왔어. 너의 새로운 시작을 위해!"

"웅녀는 기뻐요."

"그렇겠지. 잠깐이면 돼. 뒤로 돌아 서."

박 조교는 등 쪽에 달린 그녀의 원피스 지퍼에 손을 댔다. 가느다란 목에서 매끄럽게 퍼지며 어깨로 이어지는 만곡 부위가 순간 움찔했다. 그의 손가락이 파들거렸다. 그녀의 하얀 옷자락 위에서 막 피어나던 양귀비 꽃봉오리가 반으로 쩍 갈라졌다. 보드랍고 미끈한 살결 사이로 가는 낚싯줄처럼 드리워진 피부 이음매가 설핏 드러났다. 3번과 4번 경추를 여는 버튼이 그 아래 교묘하게 감춰져 있다.

"아얏!"

짧지만 강렬한 비명소리였다. 하마터면 그도 덩달아 소릴 지를 뻔했다.

"엄살 피지 마! 깜짝 놀랐잖아."

"자극엔 반드시 반응해야 해요. 아기들은 엄마를 보고 배워요."

"난 네 아기가 아냐. 게다가 넌 아픈 게 뭔지도 모르잖아."

“내 감각을 무시하지 마요. 피부가 갈라졌잖아요.”

풋, 박 조교는 비어져 나오는 웃음을 참을 수 없었다. 그는 두 개의 외장 메모리칩을 꺼냈다. 웅녀는 한 번 더 비명을 질렀다. 살점이 떨어져 나갔어요. 그녀의 얼굴에 아파 죽겠다는 표정이 떠올랐다. 미안. 박 조교는 사과하지 않을 수 없었다. 꾸며내거나 가장한 것 같지 않은 고통스런 느낌이 그에게도 전달되어 온 때문이다. 과학의 힘은 로봇에게 통각까지도 선물해 놓은 참이었다.

연구실로부터 화상 메시지가 날아왔다. 동시에 초인종이 울렸다.

“입양인이 곧 도착할 걸세. 조금 있으면 닥터 훼닌도. 행운이랑 웅녀 모두 자네가 잘 전송하게.”

그가 신 박사의 지시를 받는 동안, 웅녀는 현관문을 열고 방문객에게 언제나와 똑같은 환영사를 늘어놓고 있었다. 입양인으로 선정된 임 여사였다.

“저도 반가워요. 행운일 데려가라기에 왔어요.”

임 여사의 인사말에는 들뜬 기색이 역력했다. 방문 목적을 전해들은 웅녀의 표정이 순간 경직되었다. 파악하기 어려운 명령어를 접수했을 때 보이는 그녀의 버릇이었다.

“누구 말씀이시죠?”

웅녀가 몹시 궁금하다는 듯 물었다. 행운에 관한 모든 기억이 말끔히 지워진 현재의 그녀로서는 당연한 반응이었다. 자장가를 부르며 아일 재우고, 딸려 보낼 소지품을 짐 가방에 정리해 넣으면서 섭섭한 표정을 짓던, 두 시간 전의 그녀라면 상상할 수 없는 질문이었다. 놀란 건 오히려 임 여사였다. 의문에 찬 눈빛이 웅녀 뒤에 서 있는 박 조교에게로 날아왔다.

"떠날 준비를 해. 훼닌 박사가 널 데리러 올 거야. 이 분과는 내가 알아서 할게."

그는 임 여사를 침실로 안내했다. 폭신한 곰 인형을 안고서 잠든 행운의 낯빛이 참으로 해맑았다. 아이를 감싸고 있는 평온이 오로라의 빛살처럼 휘황했다. 그도 임 여사도 순간 주춤했다. 아무나의 손을 절대로 용납할 것 같지 않은 강렬한 고요……. 한 줄기 바람이 방충망을 뚫고 들어왔다. 연두색 망사 커튼이 펄럭였다. 임 여사가 그 순간을 놓치지 않고 아일 들어 안았다.

"걱정 마세요, 젊은 미남 박사님! 잘 키울게요. 아무렴 저 쇳덩어리만 못하겠어요? 호호호."

임 여사의 웃음소리가 방안 공기를 휘저었다. 수많은 경쟁자를 뚫고 선정된 데 대한 자부심과 웅녀에 대한 우월감, 그리고 현재 상황을 통제하는 박 조교에 대한 아첨이 무리 없이 뒤섞인 웃음이었다. 눈가에 미세하게 골 진 잔주름들도 덩달아 웃었다. 그런데 얄밉지 않았다. 면접심사 때 신 박사의 느낌도 그랬을지 모른다. 아이에겐 당연히 신 씨 성을 붙여줘야죠. 세상 빛을 보게 해 준 분이 바로 박사님이시잖아요. 호호호.

그는 행운의 짐 가방을 끌고 임 여사의 뒤를 따라 나섰다. 실내 수족관 옆에서 웅녀가 그들을 무심히 바라보았다. 금홍색 열대어 한 마리가 그녀의 목덜미에 쉴 새 없이 입을 맞춰댔다. 공기방울을 피워 올리는 산소발생기와 그녀의 어깨가 절묘한 각도를 이룸으로써 만들어진 낭만적인 풍경이었다.

엄마아!

행운이 갑자기 소릴 질렀다. 선잠에서 깬 아이 특유의 신경질이 잔뜩 묻어났다. 화들짝 놀란 열대어가 지느러미를 흔들며 인공 수초 사이로 숨어들어갔다. 웅녀의 원피스 자락에 피어난 붉은 꽃송이들이 수런거렸다. 임 여사의 품에서 빠져 나온 행운의 손이 꼼지락거렸다. 햇순처럼 보드랍고 연한 손가락이 웅녀를 향해 뻗어나갔다.

"아이구, 우리 행운이 착하지? 이제부턴 이 엄마랑 사는 거야."

노련한 임 여사가 행운일 어르며 세차게 끌어안았다. 현관으로 향하는 발걸음 또한 빨라졌다. 그 품에서 벗어나려는 행운의 몸부림이 격렬해졌다. 엄맘마, 엄마아……! 외침은 점점 울음소리로 변해갔다. 웅녀는 지나치는 차창 밖의 풍경을 바라보듯 멍한 표정으로 그저 자리만 지켰다.

"바보같이 그렇게 서 있기만 할 거야? 네 아기랑 작별 인사 안 해?"

박 조교가 자기도 모르게 소리쳤다. 왜인지 화가 치밀었다. 웅녀가 되물었다.

"내 아기? 작별?"

행운이 울음소리를 더욱 높였다. 그래, 네 아기! 박 조교는 한 자 한 자 또박또박 발음해 주었다. 은근히 그녀를 부추기는 자신을 이해하지 못하면서. 잠깐 사이 웅녀의 얼굴에 몇 개의 표정이 엇갈렸다. 의문과 호기심에 이어 답을 구하려는 의지까지. 실내등이 깜박거렸다. 낡은 전구가 몰려드는 전기압력을 견뎌내려고 온몸을 부르르 떨어댔다. 웅녀가 행운일 향해 손을 내밀었다. 내 아기? 그녀가 고른 단어가 내부에 프로그램 된 보편적 모성애를 자극하여, 행운의 간절한 부름에 반응하고 있음이 분명했다. 그의 추측은 옳았다. 비정상적이라 여겼던 어느 순간의 표정과 행동은 웅녀 스스로 선택한 어떤 낱말에 대한 반응이었다. 눈치빠른 임 여사가 행운일 쓸어안고 잽싸게 달려 나갔다. 쾅! 요란한 소릴 내며 현관문이 닫혔다. 그도 정신없이 따라 나갔다.

시동 걸리는 소리가 요란하게 울려 퍼졌다. 배기통에서 매캐한 연기가 흘러나왔다. 중고시장에서도 찾아보기 어려운 형편없이 낡은 디젤차였다. 트렁크를 열고 짐을 싣는 그에게 임 여사가 뭐라 변명을 늘어놓았다. 곧 수소차로 바꿀 거예요. 행운일 위해서…… 말이 채 끝나기도 전에 차바퀴가 구르기 시작했다. 자갈돌들이 마구 비명을 질러댔다. 자지러지는 아이 울음소리가 한 덩어리로 뒤엉켜 밤공기를 찢어발겼다.

웅녀의 그림자가 바퀴자국을 뒤쫓았다. 박 조교는 그녀를 붙잡아야 한다고 생각했다. 이상반응이 더 이상 진전되지 않도록 주의를 환기시키는 게 당장의 할 일이라고 여겼다. 그런데도 그는 꼼짝하지 않았다. 끝을 보고 싶다는 기묘한 열정이 그를 사로잡았다. 매연이 시든 꽃잎처럼 흩어져 날렸다. 마구 내달리는 그녀의 옷자락에 휘감기며, 그녀의 발밑에서 아무렇게나 짓밟히며.

존엄사 클럽

존엄사 클럽

선애씨는 셔터 문을 마구 걷어찼다. 폭력은 작동되지 않는 기계를 다루는 최후의 수단이다. 발가락이 얼얼했다. 하지만 덜컹거리기만 할 뿐 더 이상 밀려올라가지 않았다. 50cm쯤 벌어진 채 땅바닥과 평행선을 유지하기로 작정한 듯 고집스레 버텼다. 이런, 고철 덩어리 같으니! 선애씨는 툴툴거리며 이용할 만한 도구가 없을까 주위를 둘러보았다. 셔터를 내릴 때 사용하는 쇠갈고리 막대와 퇴근하면서 자물통 위에 얹어놓곤 하는 돌덩어리 하나, 그 외엔 눈에 띄는 게 없다.

"뭔 일로 요리 빨리 나왔다요?"

바로 옆 가게 염사장의 목소리다. 선애씨는 도둑질 하다 들킨 사람마냥 움찔했다. 뒷덜미가 따갑기까지 했다. 평소보다 두어 시간 앞질러 출근한 그녀에게 호기심을 보이는 건 당연한 일일 텐데 말이다.

"입춘도 지났는데 부지런 좀 떨어봐야죠. 근데 이게 말썽이네요."

선애씨는 애써 흥분을 가라앉히며 조신스런 말투로 대꾸했다.

"전에 없이 이른 시간이라 맘 준비가 안됐거나 늦잠을 못 자 심통이 났거나…… 흐흐, 사람도 그렇지만 물건도 다 지 나름의 라이프 싸이클이 있단 말이죠. 요런 때일수록 살살 달래감서 밀어도 보고 흔들어도 보고……."

염사장의 말과 행동은 자연스럽게 이어졌다. 드르륵, 별로 큰 힘을 들인 거 같지도 않은데 셔터가 수월하게 감아 올려졌다. 걸쇠가 문틀에 걸리는 소리마저 매끄러웠다. 선애씨를 골탕 먹인 일이 전혀 없었던 것처럼. 하지만 그런 정도의 배신감에 마음 쓸 여유가 그녀에게는 없다. 행여 작은 도움을 빌미로 그가 눌러앉아선 안 된다. 언제 전화벨이 울릴지 모른다. 남의 일에 참견하길 좋아하는 사내는 수다스러운 여편네들만큼이나 위험스럽다. 선애씨는 그녀가 직접 내린 커피를 은근히 기대하는 염사장의 눈빛을 무시하기로 했다. 오늘의 첫 손님이 되어드릴게요. 능청을 떨며 그의 마트 자판기에서 인스턴트커피를 뽑아 건네는 것으로 감사 인사를 서둘러 끝냈다.

가게 안은 침침했다. 아침 햇살이 문턱을 넘어서려 까치발을 디딘 채 기웃거리는 중이었다. 게으른 형광등은 하염없이 눈을 껌벅거리기만 했다. 선애씨는 계산대 오른쪽에 놓여있는 전화기부터 살폈다. 무선전화기의 액정은 그저 깜깜했다. 통화 목록엔 어제 퇴근할 때 확인한 그대로 아무 것도 더해지지 않았다. 아들 녀석이 환하게 웃고 있는 휴대폰의 대기화면 또한 여전했다. 선애씨는 손가락으로 아들의 얼굴을 더듬었다. 육중한 대리석을 쌓아올린 성곽 모양의 대학 건물이 후광처럼 빛났다. 근동의 어느 집 자식도 원서 한 번 넣어보지 못한 서울의 유명 대학이다. 더할 나위 없는 안도감이 짜릿한 전류가 되어 온몸으로 흘러 퍼졌다. 당신의 미래? 노선생의 질문은 늘 그랬다. 주어와 서술어가 빠져 있으면서 단도직입적으로 파고드는. 그렇다는 즉답이 노선생을 만족시킬 수 있을까, 혹시나 비웃음을 자초하진 않을까, 선애씨는 대꾸할 말을 찾지 못해 늘상 머뭇거렸다. 당신의 라훌라, 기다리지 못하고 먼저 내놓는 노선생의 답은 질문만큼이나 간결했다. 라훌라가 석가의 아들이란 사실도, 해서 그의 출가 결정에 큰 걸림돌이 되었다는 것도, 노선생의 설명을 듣고서야 알게 될 만큼 뭔 소린지 전혀 알 수 없는 경우도 적잖았지만.

사오 년 전, 아님 그보다 한두 해쯤 더 앞섰을지 모른다. 식목일 무렵의 초봄이었다. 수많은 장날 중에서도 가장 바쁜, 일 년에 한두 번 있을까 말까 한 그런 날이었다. 낯익은 인근 주민들 말고도, 텃밭에 심을 채소 모종이나 정원용 묘목이며 구근 따위를 찾는 외지인들이 선애씨의 혼을 쏙 빼놓던 날, 판매 물품과 수량을 확인하고 구겨진 지폐와 카드 전표 따위를 정리하느라 눈이 침침해지던 파장 무렵이었다.

하늘색 트렌치코트가 연분홍 스카프를 나풀거리며 선애씨의 가게 안으로 살포시 스며들었다. 가게 구석구석을 훑는 멋진 여자의 고갯짓은 일순간 선애씨의 시선을 사로잡았다. 벨트를 꽉 조여 날씬한 허리를 강조한 데다 썬 글라스를 낀 외양이, 시골 장터의 농자재 가게에 발 디딜 이유가 없어 보이는, 그야말로 세련된 도시 아가씨 같았다. 늦은 오후의 햇살이 알록달록한 꽃무늬로 콘크리트 바닥을 수놓고 있었다. 선애씨는 아가씨의 실루엣과, 창틀이 빛살과 어울려 만들어낸 무늬를 번갈아 바라보았다. 하지만 종잡을 수 없었다. 손님의 인상만으로 무얼 사려는지 대강 눈치 챌 만큼이 된 장사꾼 십여 년의 풍월도 아무런 도움이 되지 않았다. 뭘 찾으세요? 선애씨는 한참만에야 다가가 물었다. 대답 대신 설핏 웃어 보이는 여자의 입매에 잔주름들이 수많은 실금으로 그어졌다. 얼굴의 반을 덮은 썬 글라스 안쪽으론 유난히 튀어나온 광대뼈와 푹 꺼진 볼이 숨어있었다. 나이 든, 그것도 아주 많이 나이 든 여자였다. 속 았다는 느낌은 곧장 늙은 여자에 대한 경멸감으로 발전했다.

"어머나, 멋쟁이 할머니!! 산도적 같은 총각 놈이라도 뒤쫓아 오면 어 쩌시려고……."

아첨을 가장한 비아냥거림에 늙은 여자는 말려들지 않았다. 못들은 척 한가롭게 발걸음을 옮겨갔다. 가게 맨 안쪽 농약진열대 쪽이었다. 늦 가을에서 초봄 사이에는 거의 수면상태에 있는 곳으로, 방치된 채 먼지 가 두텁게 쌓인, 선애씨로서는 당분간 휘장을 쳐서 가려놓고 싶은 그런 곳이었다. 멋을 잔뜩 부린 늙은 여자의 그림자가 칙칙한 구석에다 환한 빛을 뿌렸다. 강렬한 질투심이, 그러나 딱 그만한 강도의 우월감이 동시 에 선애씨를 부추겼다.

"할머니, 거긴 농약밖에 없어요. 병이나 벌레를 걱정하기엔 너무 이른 봄이잖아요."

늙은 여자는 선애씨의 도발에 아무런 흥미도 보이지 않았다. 도서관 서가에서 빌릴 책을 고르는 사람처럼 진열대를 꼼꼼히 훑기만 했다. 무시당한 악의는 제동장치가 고장 난 자동차 같다. 선애씨는 늙은 여자에게 다가가 그의 귀에 바짝 대고 소릴 질렀다.

"말소리가 잘 안 들리시나 봐요, 어르신!"

선애씨는 우쭐해졌다. 그처럼 요란을 떨지 않아도 차리고 나서면 사내 한둘의 시선쯤 너끈히 받아낼 수 있는 나이인 게 자랑스러웠다. 늙은 이를 감싸고 있는 화사한 색깔과 명품로고들이 하나도 부럽지 않았다.

"그냥 노선생이라 부르시오."

위엄 있는 목소리였다. 선애씨는 가게에 다른 손님이 들어왔나 뒤돌아보았다. 아무도 없었다. 바로 옆에 서있는 늙은 여자가 내뱉은 말이었다. 고개를 들지도 목소리를 높이지도 않고서 말이다. 분노를 삭이는 절제된 감정표현으로는 느껴지지 않았다. 그저 단순한 명령이었다. 지켜지지 않을 수도 있다는 가능성 따위 전혀 고려하지 않은, 뜻이 분명한 요구였다. 아, 네. 그러지요. 선애씨는 야단맞은 초등학교 1학년 학생처럼 풀죽은 소리로 대답했다.

전화기가 파들거리며 소리를 질러댄다. 그녀는 벌떡 일어났다. 반사적으로 벽걸이 시계를 쳐다보았다. 9시 15분. 두 개의 바늘이 일직선을 이루어 하나의 원을 위 아래로 반분하고 있다. 사적인 시간이 희미한 자취를 끌고 사라지는 동안 공적인 시간이 그 자리를 메우기 시작하는, 모든 공공기관의 직원들이 본격적인 일과로 돌입하는 딱 그때이다. 선애씨는 자지러지는 전화기를 들었다. 노선생의 변호사일지 모른다. 어쩌면 경찰일 수도 있다. 밤새 뒤척이며 연습을 거듭했던 수많은 말들이 두서없이 떠올랐다. 그런데 이상한 일이다. 통화 버튼이 눌러지지 않았다. 손가락이 잔뜩 굳어 도무지 움직여지질 않았다. 한참을 더 시끄럽게 울어대던 전화기가 제풀에 숨을 거두었다. 휘유, 선애씨는 자기도 모르게 한숨을 내뱉었다. 아주 어려운 일을 해치우고 난 사람처럼. 땀에 젖은 손바닥이 찐득거렸다. 채 1분도 지나지 않아 전화기가 또 다시 시끄럽게 울어댔다.

왜 전화를 안 받아? 추가등록기간이 며칠 안 남은 거 알지? 이번엔 학자금 융자 신청 못 한댔잖아. 알바 때문에 학점 관리 제대로 못해서……. 다 때려 치고 군대나 갈까? 어렵사리 통화 버튼을 누르자마자 끝을 잘라먹은 버릇없는 말투가 마구 쏟아져 나왔다. 아들 녀석이다. 선애씨는 한마디도 대꾸하지 못했다. 그럼에도 서너 시간 수다를 떨고 난 사람처럼 목이 잠겼다. 그러는 동안 째깍째깍, 시계의 초침은 1초 간격으로 우주 굉음을 쏟아냈다.

농익은 감이 떨어지길 기다리기만 해선 그걸 입안에 넣을 수 없다. 위치와 각도, 그리고 정확한 타이밍. 선애씨는 손가락을 깍지 껴 쭉 밀었다가 당겨보았다. 손을 바꿔가며 주무르고 관절을 꺾어 우드득 소리도 내보았다. 그리고는 아들 녀석의 짜증이 아직 묻어있는 전화기를 들었다. 오래도록 계속된 습관적인 일상인만큼 누구도 오해하지 않을 것이다. 선애씨에게 시골 장터의 농약상 말고 또 다른 직업이 생겼다는 걸 알만 한 사람들은 다 알고 있으니까.

시간 당 2만 원 정도면 적당할 듯싶은데. 장날을 빼고는 하루 두어 시간쯤이야 낼 수 있겠지. 그때 노선생은 골라놓은 물건을 봉지에 담아달라는 사람처럼 심드렁한 어조로 말했다. '방문 말벗'이라는 듣도 보도 못한 낯선 부업거리를 다짜고짜 던져주는 사람 같지 않았다. 그날 아침 아들 녀석의 대학 합격 소식을 통보받지 못했거나, 가게 전세금이 터무니없이 오를 거란 얘길 듣지 않았다면 선애씨의 대응이 보다 신중했을지 모른다. 아무 때고 불쑥 찾아와 농사일에 관해 이것저것 묻고 별로 필요해보이지도 않는 농약 따위를 듬뿍 사가는 괴짜 단골의 해괴한 제안으로 넘겨버렸을 수도 있었다. 상당한 액수의 대가에 비해 몸 공 들일 일이 별로 없다는 건 사실 꺼림칙했다. '세상 어떤 일에도 공짜는 없다'는 경구를 가훈으로 삼을 만큼 자기방어에 투철한 선애씨로선 그런 식의 갑작스런 횡재橫財를 신뢰하지 않았다. 그런 횡재는 언제라도 횡재橫災로 전화할 위험이 다분했다. 귀농 장려금이니 축산 선진화니 하면서 농협이 권장한 고액의 장기 저리 대출이 젊은 남편을 목 졸라 죽인 두 얼굴의 횡재였음을, 선애씨는 한시도 잊은 적이 없었다. 이런저런 계산으로 머리가 복잡한 선애씨 앞에 흰 봉투 하나가 툭 떨어졌다. 선지급금! 낼부터 와요. 우리 집으로 오후 두 시. 계약이 성립되었음을 공포하고 시간 사용의 결정권이 자신에게 있음을 알리는 발주업체의 실무자 같은, 다소 위압적인 말투였다.

오늘은 언제쯤 갈까요? 필요하신 물건은요? 지난 이 년동안 사흘이 멀다고 해왔던 질문을 떠올리며 선애씨는 발신음을 세기 시작했다. 셋, 넷, 다섯……! 띠리링 소리는 일정한 간격으로 선애씨의 고막을 자극했다. 한 번의 발신음이 끝날 때마다 가슴이 철렁 내려앉았다. 신호음이

뚝 끊기면서 여보세요, 노선생의 점잖은 목소리가 들려올까봐. 아니, 그보다는 정말로 그 목소리가 들려오지 않을까봐. 열 번째를 세기 전에 선애씨는 수화기를 서둘러 내려놓았다. 어떤 경우라도 견디기 어려울 것 같았다. 심장이 쿵쾅거리며 마구 뛰었다.

시작은 장난 같았지. 그땐 우리가 정말로 약속을 지키게 될 거라는, 그런 때가 반드시 오고야 말리라는 생각 따위 해보지 않았어. 차려입고 나서면 커피숍이나 백화점 직원들이 미시족으로 오해해주던 시절이니까. 아마 인희였을 거야. 그런 때가 오면 서로 죽여주자고, 인간으로서의 자존감과 품위를 지켜주자고 제안한 친구가. 말 그대로 벽에다 똥 바르는 시어머니 때문에 그 애가 골치를 앓고 있었거든. 24시간 편의점처럼 노인 요양원이 마구 생겨날 걸 알았다면 달라졌을지 몰라. 하여간 그렇게 시작됐어, 우리 '존엄사 클럽'은. 호옷!

노선생의 웃음소리가 환청처럼 울려 퍼진다. 듣는 이를 확 끌어당겨 안았다 맥없이 손을 풀어버리는, 그래서 어쩔 수 없이 노선생의 이야기 속으로 나동그라질 수밖에 없는 짧고 기이한 웃음소리가.

클럽 창설 이후 23년 만에 처음으로 실행 요청이 들어왔어. 모두들 두려움에 떨었지. 우리의 대처 방법은 영미에 대한 분노와 비난 뒤로 숨는 거였어. 뇌경색으로 반신불수가 되었다곤 하지만 다정하고 자상하고 성실하기까지 하여 좋은 남편의 표상이었던 그를 어떻게 보내자 할 수 있냐며, 우리 클럽의 활동은 회원들에게만 적용되어야 한다면서 말이지. 남편도 자식도 없는 나만이 진지한 반응을 보였던 거 같아. 시골 학교를 전전하는 동안 농약의 효용성을 일찌거니 간파한 덕이었지. 그 앤 내 제안에 몹시 감동받은 눈치였어. 치매에 걸린 노파 역할만 잘해내면 되겠다며 활짝 웃더라구. 그땐 정말로 몰랐어. 그 애가 남편과 함께 가버릴 줄은. 자식들은 지들 어미 역시 치매였다고 굳게 믿는 눈치더군. 어쩌면 그 애가 자식들에게 베푼 최고의 보시였을지 몰라. 호옷!

문득 조급증이 밀려온다. 당장 달려가 봐야 한다. 노선생의 계획이 그대로 현실이 되었는지 확인해야 한다. 노선생의 성공은 이제 선애씨의 성공과 동의어이다. 아니다. 기다려야 한다. 노선생은 늘 있던 자리에서 늘 하던 일을 하며 무심하라 했다. 놀란 척 하거나 울어대는 것은 그 다음 일이라고, 확인 작업이야말로 죽은 자 자신의 몫이라고. 줄다리기 하는 두 마음 사이에서 선애씨는 갈피를 잡지 못해 오락가락했다.

난 존엄사 클럽 회원으로서의 의무를 충실히 지켰지. 영미 남편까지 여섯 명, 그 누구도 목숨 줄 질긴 노인네란 눈총 속에 살지 않았고, 맹목적인 삶의 의지만 남은 배설기구로 취급당하지 않았고, 자식의 시간과 돈을 갉아먹는 벌레로 남지 않았어. 사는 동안 쌓아온 자신의 이미지며 어른으로서의 품위 또한 털끝 하나 다치지 않았어. 협조 받은 자살임을 눈치 챈 사람은 단 한 명도 없었지. 이만하면 인간 존엄성 수호에 한 몫을 한, 인류애 실현에 앞장선 삶이 아닌가? 그런데 참 아이러니군. 정작 내 차례가 되니 날 도와줄 친구가 하나도 없다니. 호옷!

선애씨는 세 평 남짓의 가게 안을 뱅글뱅글 맴돈다. 제길, 장날도 아닌데 너무 일찍 출근했다. 급할수록 돌아가라는 선인의 말씀은 이런 때를 위한 지침이었는데. 몰아내려 하면 할수록 노선생의 목소리는 더욱 끈질기게 달라붙었다. 어쩌면 그날 이후부터였다. 푸근한 잠자리를 마구잡이로 건어내고 입맛 껄끄러운 아침 식탁으로 그녀를 끌어다 앉힐 것만 같아 도망치고 싶던 그날. 당신이 해줘야 해. 그날 분의 시급을 받아들고 자전거 페달을 밟으며 막 내달리려던 찰나였다. 거친 바람 한줄기가 선애씨의 머리카락을 훑고 지나갔다. 당신도 할 수 있어. 선애씨는 뒤돌아보았다. 수수만 개의 솔잎이 저녁 놀빛을 반사하며 노선생의 얼굴에 그림자를 드리웠다. 은박을 입힌 표지석의 글씨가 입간판의 광고 문구처럼 반짝였다. 제자들이 입주 기념으로 심어주었다는 수피가 붉은 미인송의 발치 아래서, '노명화 선생님, 우리들 모두의 연인'이라고.

분명 그날부터였다. 설거지를 하거나 빨래를 널다가, 심지어는 변기 위에 앉아 힘을 주는 순간에도 선애씨는 노선생의 목소리를 듣곤 했다. 구근 보관 상자에서, 미처 못 팔고 묵혀놓았던 씨앗더미 속에서, 수많은 종류의 농약병들 사이에서, 아무 때고 노선생의 목소리가 불쑥불쑥 튀어나왔다. 당신이 해줘야 해. 그럴 때마다 선애씨는 부르르 온몸을 떨었다. 강한 울림을 전해 받은 공명판처럼 스스로를 도저히 가눌 수가 없었다. 어쩌면 그건 연극이 끝난 후에야 깨닫게 되는, 강한 중독성으로 관객을 흥분상태에 묶어두는, 주제를 한 마디로 압축한 주인공의 독백 같은 것인지도 몰랐다.

"우리 가게 좀 봐 줄라요? 할머니가 깔딱 숨 넘어 간다고 아침 댓바람부터 난리굿이요. 상현리 춘호 영감님 말이요. 콜라 하나, 까짓 거 파나 마나 하지만서도."

선애씨는 화들짝 놀랐다. 전혀 기대하지 않은 틈입이다. 난데없이 염사장이라니. 동네 어귀마다 자리 잡고 있던 부녀회 관할 공동 판매장이

관리인력 부족과 매출감소로 문을 닫는 통에 가끔 들어오는 달갑잖은 협조요청이다.

"참말로 노인네들 등쌀에 제 명에 못살지, 원. 마을 별로 요일과 시간을 정해 배달 일정을 조정해놓으면 뭐 하겠소? 건전지 하나만 떨어져도 세상이 뒤집힌 양 호들갑을 떨며 막무가내로 불러대싸니. 하기야 체한 데는 어떤 소화제보다 콜라가 직통이라 여기는 할마씨들 고집불통 덕에 입에 풀칠한다 생각하면 고맙기도 하지마는."

선애씨의 머릿속에 반짝 불이 켜진다. 왜 꼭 전화란 말인가? 누가 있어 아침 일찍부터 노선생의 집을 찾을 것이며, 변호사인들 예약 없이 고객을 방문할 까닭이 없지 않은가? 잊을만 하면 찾아와 노선생을 행복하게 해주는 제자들도 휴가나 주말이 아닌 바에야 딱히 들를 일이 없을 터이다.

"마침 잘 됐네요. 수고스럽겠지만 오시는 길에 노선생님 집에 한 번 들러 봐 줘요. 전화를 안 받으시니 걱정돼서요. 지난번에 병원 모시고 갔을 때 치매라고, 신경을 더 써드리라고 했거든요."

선애씨는 염사장의 눈치를 살폈다. 갈팡질팡하는 자신의 속내를 들키고 싶지 않았다. 유리문 사이로 고개를 들이밀고 선 염사장의 등 뒤로 뿌연 모래 바람이 한 무더기 지나갔다. 비닐봉지, 휴지조각들이 덩달아 휩쓸리며 장바닥을 한 바퀴 맴돈다. 웬 황사바람이람. 불평을 늘어놓으면서 동시에 염사장은 선애씨를 향해 흔쾌히 고개를 끄덕였다.

"밀가루도 하나 갖다 드리세요. 엊그제 사다 드린 게 벌써 다 떨어졌드라구요. 요즘 그 양반이 좀 이상해지긴 했어요. 수제비를 날마다 한

솥씩 끓여놓고선 드실 때마다 생전 처음 먹어보는 사람처럼 맛있다며 게 눈 감추듯 해요. 행여 내가 한 숟갈이라도 축낼까봐 눈을 부릅뜨면서 말이죠."

선애씨의 말은 일부만 사실이었다. 노선생이 며칠 째 수제빌 먹고 있다는 것 정도. 하지만 노선생 자신이 적극적으로 나서서 끓이려 들거나, 맛있다며 정신없이 먹어치우거나 한 건 아니다. 의무감으로, 그보다는 하지 않으면 안 된다는 어떤 강박감에 쫓겨 선애씨 스스로 시작한 일이었다. 노선생이 오래 전부터 선애씨 귀에 못이 박이도록 부탁하고 조언하고 다짐해둔 그 순서에 입각하여. 수제비에 맛 붙인 치매 노인이 종국엔 일을 저지르고 말았다는 정황을 자연스레 만들어 가야 했으므로.

"노망이 확실하네. 하긴 그리 차려입고 요란하게 화장을 해대서 그렇지 여든 넘은 상노인 아니오? 울 어머니도 보니까 그 몹쓸 병이 식탐으로 시작되더만요."

"정말 그럴까요? 노인 냄새 풍기면 안 된다고 날마다 두 번씩은 샤워하고 속옷 갈아입죠, 바깥출입을 않는 날에도 아침마다 화장하는 거 거르지 않죠, 전직 도덕 선생님답게 하나하나 이치에 닿는 말씀도 그렇고……."

그랬다. 노선생의 치매기는 자신의 외양을 돌보는 일에 부지런했던 성정을 조금도 바꿔놓지 않았다. 차곡차곡 쌓아둔 지식 또한 덜어내지 않았다. 내가 꿈속에 사는 거 같애. 머릿속이 안개로 꽉 찼어. 전에 없던 넋두릴 늘어놓고, 생전 처음 보는 사람처럼 눈을 껌벅이며 선애씨에게 누구냐고 느닷없이 물어대긴 했다. 잠깐 사이에 똑같은 질문을 수십 번 되풀이하고 똑같은 대답에 매 번 경이로워하기도 했다. 시급을 빠뜨리는 날도 종종 생겨났다. 그렇다고 노선생이 바보로 보이진 않았다. 더 살갑게 느껴지고 대하기 편하고 때론 귀엽기조차 했다. 약속 어기면 안 돼. 묵은 빚을 재촉하듯 또박또박 새겨주는 눈빛 맑은 어느 순간의 노선생을 마주치는 게 오히려 두려웠다. 도망치고 싶은, 그러나 출구를 찾을 수 없는 답답함이 한동안 계속되었다.

스스로 반죽을 하고 수제비를 끓이도록 하는 게 관건이야. 손닿는 곳에 재료를 준비해두고 암시를 주는 거지. 은근하고도 집요하게. 결정적인 그 하루를 위해 충분히 몸에 배도록 말야. 상태가 나빠질수록 삶에의 애착은 더욱 강해져. 그러니 초기에, 동정심 넘치는 외부인이나 부지런한 사회복지사가 알아채기 전에 도와줘야 해. 치매로 치료받았다는 병력 입증이 사건 종결의 핵심이야. 유산 분배나 보험금 수령에 따른 특이점만 없으면 다른 가능성에 대한 수사나 시신 부검은 이뤄지지 않아. 더구나 내겐 유족 따위 없잖아? 리스크에 상응하는 보상은 이미 공중해 놓았어. 날 품위 있게 보내주겠단 약속을 한 것만으로도 당신은 내 재산의 일부를 받을 자격이 있어. 그날이 오면 내 변호사가 당신을 부를 거야.

노선생의 거듭되는 다짐이야말로 집요하고도 은근한 암시였다. 처음엔 귓등으로 흘러보냈다. 탄자니아에 사람 말을 하는 원숭이가 나타나든, 마다가스카르 해협에 춤추는 인어 떼가 출몰하든 무슨 상관이랴 싶었다. 귀가 물리도록 듣다보니 시디플레이어에 걸어놓은 몇 장의 시디가 자동 반복되며 끊임없이 재생해내는 추억의 가요처럼 친근해지기까지 했다. 어쩌면 그냥 그렇게 시간을 흘러보냈을지 모른다. 노선생의 치매기가 깊어지면서 예전의 그런 다짐들도 희미해져 가고 있으니. 아들 녀석의 등록금 타령만 아니었어도, 생활비 충당에 한 몫을 차지했던 방문말벗으로서의 급료가 두 달 넘게 연체되지만 않았더라도.

"그리 걱정스러우면 같이 한 번 가보십시다. 잠시 문 좀 닫는다고 싹쓸이 손님을 놓치겠소, 1등 맞을 로또를 도둑 맞겠소? 그 쪽도 어차피 오늘 한 번은 다녀 와얄 거 아니오? 자전거로 갔다 왔다 하는 것 보담은 내 오토바이가 몇 배 빠를 거요."

비밀스런 제의를 하는 사람처럼 염사장의 말투가 은근했다. 선애씨는 망설였다. 긁어 부스럼 내는 일일지 모른다. 물론 경찰 조사를 피할 순 없을 것이다. 노선생과 가장 가깝게 지내며 그 집을 들락거린 사람이 그녀이고, 노선생을 마지막으로 만난 사람 또한 그녀일 확률이 가장 높으니까. 도시의 자본을 끌어들여 지역 경제를 활성화시키겠다는 지자체의 원대한 포부와는 달리 분양률도 낮고 실제 건축 비율은 더 낮은 전원주택지에 노선생의 집이 있고, 그나마 몇 채 들어선 그림 같은 집들에는 주말을 빼면 사람의 왕래가 거의 없었다. 가끔 찾아오는 제자들을 빼고 나면 노선생과 지속적인 친분을 나눌 만한 사람이라야 빤했다. 그 호랑이 굴에 제 발로 걸어 들어가야 할까?

"그럴까요? 한 번만 더 확인해보구요. 필요한 게 있다시면 챙겨갈 겸."

끈적거리는 염사장의 눈길을 뒤통수로 받아내며 선애씨는 전화기를 들었다. 행위의 결과를 확인하는 과정은 서서히 그리고 논리적으로 이루어져야 한다. 하지만 자신할 순 없다. 노선생은 뒷마무리 과정까지는 충분히 계획해 주지 않았다. 이젠 선애씨 혼자서 모든 걸 감당해야 한다.

전화기 건너에선 여전히 아무런 기척이 없다. 지오릭스 분제에다 메소밀까지 섞을 생각을 노선생은 어떻게 해냈을까? 극약인 메소밀은 입자가 거칠어 굵은 설탕이나 조미료처럼 보인다. 그래서인지 그동안의 농약 수제비 사건에 별로 연루된 적이 없다. 밀가루와 비슷한 지오릭스는 과다한 양만 아니라면 사망 사고로까지 발전하진 않는다. 따라서 밀가루에 지오릭스만 섞인 상태에서 벌어지는 사고는 치사율이 그리 높지 않았다. 단 번에 끝내려면 강력하고도 확실한 게 필요하다며 설핏 웃던 노선생의 입매가 새삼 떠올랐다. 영리하고 치밀한 노인네 같으니. 그걸 한 그릇 다 먹어치웠을까? 손바닥에 묻은 반죽자국을 씻어내지는 않았을까? 띠링…… 띠리링……, 채 일 초도 안 되는 발신음 사이의 격절들이 세상의 시작과 끝만큼의 거리감으로 선애씨를 압도했다.

삼월의 바람 끝은 새로 산 도화지처럼 빳빳하게 날서 손가락이라도 벨 기세였다. 싯누런 황사를 잔뜩 머금은 채였다.

"마스크 가져올 걸 그랬네. 내 등에 고개 딱 붙이고 잠바 주머니에 손 넣어요."

염사장이 소릴 질렀다. 선애씨는 선뜻 손을 찔러 넣지 못했다. 자칫 뒤에서 그를 껴안는 꼴이 될 수 있다. 남 말하기 좋아하는 여편네들 중 누구라도 볼까 저어되었다.

"괜찮아요. 과부, 홀애비 사이에 소문 좀 나면 어때서? 제발 누가 봤으면 좋겠구마는. 꽉 잡기나 해요, 안 잡아먹을 테니……."

염사장의 넉살이 그리 불쾌하지는 않았다. 전에 없이 구수하기까지 했다. 선애씨는 그의 호주머니에 슬그머니 손을 집어넣었다. 물큰한 살집이 손바닥에 잡혔다. 따뜻하다. 볼을 때리던 바람결도 한 꺼풀 얇아졌다. 그의 널따란 등짝이 바람막이 구실을 해준 덕이다. 하지만 뭔가 어색했다. 무슨 말이라도 해야 할 것 같았다.

"노선생님한테 들은 얘긴데요. 원숭이 실험에서 거울 신경세포라는 걸 발견했대요."

"뭐라구요?"

하필 그 얘기가 왜 떠올랐는지 선애씨는 스스로도 의아했다. 생명체들 사이의 유대감과 공생이 거기서 유래한다며 지루하게 설명하던 노선생의 진지한 눈빛이 스쳐 지나갔다. 물론 당신을 번거롭게 하지 않을 수도 있어. 갑작스런 교통사고라든가 심장마비, 혹은 수술 중 쇼크사 등등으로. 그러는 게 당신에겐 최상이겠지. 지금 그 자리에 안전하게 남을 수 있으니까. 노선생은 선애씨의 속마음을 꿰뚫어 보았다. 피할 수만 있다면 정말로 피하고 싶은 일이었다. 하지만 그건 당신을 떳떳하게 만들어주지 못해. 당신은 수고 없는 대가를 넙죽 받을 사람이 아니니까. 나의 필요로 시작했으나 어쩌면 당신의 필요로 끝나게 될 걸 우린 서로 잘 알고 있어. 나는 당신을, 당신은 나를 비추는 거울이니까. 도대체 무슨 뜻이었을까? 노선생의 말대로라면 지금 선애씨는 조금쯤 설레야하지 않은가? 아들 녀석에게 서둘러 희망의 말을 전해야 하지 않은가?

"상대의 기분이나 생각을 거울로 비추듯 바로 느끼게 해주는 뇌세포래요."

염사장이 갑자기 오토바이를 멈췄다. 상현리와 하현리가 갈리는 지점의 개울가였다. 물살에 닿을 만큼 바짝 내려앉은 낡은 콘크리트 다리를 막 건너려던 참이었다. 헬멧을 벗으며 그가 오토바이에서 내렸다.

"바로 그거요."

단호한 어조와는 달리 떨리는 목소리였다. 선애씨는 당황했다. 어색함을 무마하려던 의도가 어이없는 방향으로 빗나갔음을 깨달았다. 그녀는 부러 딴청을 피웠다.

"연료가 바닥이라도 났나요? 왜 가다말고 갑자기?"

"거울은 마, 마주 봐야 비춰지는 거잖아요. 자, 봐요. 내 맘 속 거, 거울이 당신 맘 속 거울엔 어떻게 비치는지……."

풋, 선애씨는 하마터면 웃을 뻔했다. 이마는 반쯤 벗겨지고 숱 적은 머리칼엔 잿빛 그늘이 드리운, 뱃살은 구두코를 덮을 만큼 튀어나오고 손등엔 질긴 힘줄이 도드라져있는 장년의 사내가 첫 고백을 하는 소년처럼 더듬거리고 있다. 선애씨는 그의 눈빛을 피해 고개를 돌렸다. 물살이 가쁜 숨을 내쉬며 울퉁불퉁한 돌멩이들을 타넘었다. 그 바람에 튀어오른 물방울들이 반짝이는 진주알로 엉겨 옷자락을 수놓았다.

"염사장님, 지금은 배달 시간입니다. 우리 얘긴 가게 문 닫고 저녁에, 분위기 있게 술이라도 한 잔 곁들이면서요."

선애씨는 멜로영화를 찍는 전문 여배우처럼 노련하게 굴었다. 그의 감정 과잉에 휘말릴 때가 아니다. 잠꼬대를 하고 난 사람마냥 염사장이 어리벙벙한 표정을 지었다. 그, 그럴까요? 그의 목소리가 수줍게 기어들어갔다.

춘호 영감은 할멈이 그예 토하고 말았다며 사뭇 역정을 냈다. 문간에 묶여있던 늙은 누렁이가 주인을 거들며 컹컹거렸다. 볕이 막 돋아나기 시작한 중닭들이 닭장 사이로 부리를 내밀고는 호기심 가득한 눈을 부라렸다. 옆 칸에선 거위들이 꽉꽉 목청을 돋우었다. 칠이 벗겨져 벌건 속살을 드러낸 낡은 철문마저 덩달아 삐걱거렸다. 파문은 온 동네로 확산되었다. 이집 저집 개들이 나서서 서로 질세라 시끄럽게 짖어댔다.

"이거야, 원. 혼자 사는 놈은 서러워서 어디……. 거울 세폰가 뭐시긴가 하는 게 아주 총 출동이로구만!"

춘호 영감네 대문간을 나서며 염사장이 투덜거렸다. 콜라 값은 받으셨어요? 위로를 한답시고 건넨 말 치고는 지나치게 세속적이다. 선애씨는 서둘러 덧붙였다. 그러려니 하세요. 원래 그런 양반이잖아요.

좀 전에 지나쳤던 개울을 다시 건너 오른쪽으로 꺾어지는 농로를 지나 야트막한 등성이 아래로 펼쳐진 하현리로 들어섰다. 서로 어깨를 기대고 선 아담한 주택들이 저마다의 개성을 뽐내며 그들을 맞았다. 마을은 고즈넉했다. 낯선 오토바이 소리에도 누구 하나 창문을 열어보는 이가 없다. 상현리에서완 달리 개 짖는 소리, 닭 울음소리 하나 들리지 않았다. 하현리 행복 마을에 상주하는 몇 안 되는 주민들은 품에 쏙 들어오는 애완견이나 보듬고 다닐까 그 외 다른 짐승에는 별 관심이 없는 듯했다. 그러고 보니 노선생 역시 혼자 살면서도 개나 고양이, 하다못해 병아리 한 마리도 키우지 않았다. 뭐니 뭐니 해도 사람이야. 해외 후원 아동들에게서 온 편지를 노선생은 몹시 자랑스러워하며 보여주곤 했다. 황토 벽돌로 건물 외벽을 두르고 거실 창 앞에 쪽마루를 덧대 전통 시골집 분위기를 낸 노선생의 집은 막 목욕을 하고 난 아기처럼 뽀얗고 발그레했다. 소나무 이파리에도 잔뜩 물이 올라 연한 초록빛이 싱그러웠다.

"선생니임!"

선애씨는 늘 그래왔던 것처럼 마당 한 가운데서 노선생을 불렀다. 노선생이 즐겨 신는 신발 몇 켤레가 토방 아래 가지런히 놓인 채 그대로다. 아무 대답도 들리지 않았다. 딛고 선 징검돌이 땅 밑으로 푹 꺼져 내리는 것 같았다. 선애씨의 다리가 후들후들 떨리기 시작했다. 잔디밭을 가로지르는 징검돌 몇 개를 더 밟아 가면 거실 창문을 열 수 있는데 더는 발이 떼어지지 않았다. 선애씨는 마음을 가다듬고 심호흡을 했다. 침착해야 한다. 자연스러워야 한다. 주문을 외듯 중얼거렸다. 대문 바깥에서 선애씨를 기다리는 누군가가 있다는 게 문득 마음 든든했다. 그녀는 몇 걸음 더 나아갔다. 그리고 느린 어조로 한 번 더 노선생을 불러 보았다. 두 번, 세 번…….

안에서 부스스 이불 걷는 소리가 났다. 잔기침 소리도 들려왔다. 있다. 노선생이 방안에 있다. 아무 일도 일어나지 않았다. 어제와 달라진 건 아무 것도 없다. 선애씨는 그대로 주저앉고 말았다. 다리를 지탱하던 그나마의 힘이 죄다 빠져나갔다. 좌절감과 딱 그 크기만큼의 안도감이 동시에 그녀를 덮쳤다. 극심한 피로감이 몰려왔다. 드르륵, 거실 창이 열렸다.

"네 년이로구나. 밤새 이를 가느라 잠을 설쳤다."

뭔가가 선애씨의 머리 위로 휙 날아 마당 가운데로 내동댕이쳐졌다. 어제 저녁 가스레인지 위에서 끓고 있던 바로 그 냄비였다. 입을 벌린 냄비 안에서 푹 퍼진 수제비가 토사물처럼 흘러나왔다. 허여멀건 덩어리들이 파릇파릇 봄기운 오른 잔디를 뒤덮으며 마구 쏟아져 나왔다.

"이 못된 년! 썩은 밀가루로 수제빌 끓여? 아무리 늙어 빠져도 입맛은 살아있다. 어쩐지 제 년은 먹지도 않고 꽁무니를 빼더라니!"

선애씨는 휘둥그레진 눈으로 노선생을 망연히 바라보았다. 벌겋게 달아오른 눈, 일그러진 주름살투성이 얼굴, 더러운 욕설을 쉴 새 없이 뱉어내는 검푸른 입술. 그녀가 지금껏 알아온 그 노선생이라고는 도무지 생각할 수 없었다. 어제 오후, 오래전부터 노선생이 제안해 둔 방법대로 선애씨가 재료들의 양과 배치를 손보아 놓고 돌아설 때, 맛있는 수제빌 끓여놓을 테니 퇴근 후 꼭 다시 들러 먹고 가라던 천진난만한 표정의 노선생은 어디에도 없었다.

"아이구, 선생님. 왜 그리 노하셨어요? 내가 이 사람 혼내줄 테니 마음 가라앉히세요."

염사장이 노선생을 달래며 한편으론 선애씨에게 눈을 찡긋거렸다. 노망난 노인네한텐 무조건 비는 게 최고예요. 빌어요, 얼른! 염사장의 얼굴에 웃음기가 넘쳐흘렀다. 하지만 선애씨는 마주 웃을 수 없었다.

나만의 이름을 잃고 싶지 않아. 풀린 눈동자로 그림자처럼 유영하면서 어르신이란 보통명사로 통칭되는 게 싫어. 내 엉덩이와 사타구니를 남의 손에 맡기고 싶지 않아. 아무렇게나 까발려져 더러운 오물덩어리로 취급되기 싫다구. 부탁이야. 그런 날이 오면 내가 존엄한 한 인간으로, 노명화 선생이라는 자부심 속에서 죽을 수 있도록 당신이 도와 줘.

이제 노선생은 그 경계를 훌쩍 넘어 버렸다. 쭈글쭈글한 얼굴 한 가득 오로지 하나의 욕망, 하나의 의지만이 끓어 넘쳤다. 존재의 소멸에 대한 끈질기고도 강렬한 거부. 선애씨는 토방 아래 주질러 앉은 채 온몸으로 노인네의 표독스런 욕설을 받아냈다. 연분홍 스카프를 나풀거리며 선애씨의 가게 안으로 살포시 스며들던 하늘색 트렌치코트의 노선생은 이제 어디에도 없다. 처음 만나던 날의 노선생이 견딜 수 없이 그리워졌다. 그리운 사람을 그리운 모습 그대로 남겨 두는 일, 시간의 심술을 거슬러 손상과 파괴를 거절하는 일. 노선생의 마지막 소망이란 게 사실은 그렇듯 소박한 것일지도……

선애씨는 처음으로 노선생의 간절한 바람에 가 닿은 느낌이 들었다. 씽크대 찬장에 지오릭스와 메소밀이 어느 정도나 남아있을까? 이제야말로 존엄사 클럽의 진짜 회원이 된 듯한, 무겁고도 지극한 의무감이 선애씨를 덮쳐왔다.

능소화 꽃이 질 때

능소화 꽃이 질 때

1

생각지 않은 말이 튀어나왔다. 나, 오늘 회식이야. 빨리 못 들어가. 퉁명스럽게 내뱉고 전화를 막 끊고 났을 땐 약간의 쾌감도 느껴지는 듯싶었다. 하지만 그 뿐, 하나도 개운하지가 않다. 기껏 회식이라니. 내 감정대로라면 이렇게 말했어야 했다. 당신이 그 애 대신 결혼식 신부 노릇까지 하지 그래? 기어코 가봐야겠다면 아예 짐을 싸서 나가, 더 이상은 못 봐주겠어. 라고.

갈비뼈가 활처럼 휘다가 종내는 우드득 부러져 버릴 것 같은 압박감이 차츰 커졌다. 사내답다는 말의 허세에 갇혀 시원스레 분통을 터뜨려 보지 못한 게 어찌 지난 두 달뿐이랴? 길들여져 버릇으로 굳어버린 걸 성격이라 이름 할 수 있다면, 표현이 제대로 되지 않는 내 소심성에도 무심할 때가 되었건만. 난 운전대를 붙잡고서 잠시 호흡을 가다듬기로 했다. 언제나 그래왔듯이. 후욱, 후욱……훅, 후욱……!

나, 착한 일 좀 해도 돼? 불쑥 그 사람이 물어 왔을 때 조금 더 신중했어야 했다. 이를테면 명확한 한계 같은 것 말이다. 저녁상은 봐두었고 애는 재웠으니 찌개만 데워서 먹으라든가, 아이가 깨서 보채거든 기저귀 갈아주고 전자레인지에다 우유를 데워 먹이라는 따위, 육아 휴직 중인 자기 본분을 망각한 부탁 같은 거 하지 못하도록. 밤늦은 시간에 술 냄새를 풍기며 도둑고양이처럼 기어들어와 미안하다는 말 한 마디로 나의 짜증을 무마하려들지 못하도록.

그 웃음만 아니었더라도 나는 좀 더 이성적으로 분명한 선을 그을 수 있었을 게다. 어디 박혀있는지 까마득히 잊어버린, 첫사랑의 고뇌와 여운을 절절이 기록해둔 청춘 시절의 일기장을 우연히 발견해 낸 것 같은 그 웃음만 아니었더라도. 수줍다고 하기엔 도전적이고 도전적이라기엔 요염하고, 또 요염하다고 말하기엔 어딘지 쓸쓸한……. 그 웃음에서는 유황 냄새가 났다. 성냥개비가 성냥갑을 긁으며 화르륵 불을 일으킬 때 순간적으로 코끝을 스치고 사라지는 그런 냄새. 그 웃음을 처음 만났을 때, 뭐라 설명할 수 없는 짜르르한 전율이 정수리를 타고 온몸을 관통해 나갔다. 째앵! 얼음장에 금 가는 소리조차 들리는 듯했다. 주변머리 없는 노총각 아들 탓에 속을 끓이던 어머니가 모든 인맥을 동원하여 주선

한, 그동안의 수많은 맞선 자리에선 느껴보지 못했던 기묘한 전율이었다. 부탁이야. 속살거리는 그 사람의 주황빛 입술에 처음 만나던 날의 웃음이 떠돌았다.

이럴 때 불러낼만한 친구가 있던가? 전화기엔 ㄱ부터 ㅎ까지 300개가 넘는 이름이 입력되어 있지만 마땅히 떠오르는 얼굴이 없다. 요즘 우리 집사람이 어떻고 하며 주접을 떨어도 될 만큼으로 막역한 친구는 더군다나 없다. 혹시 동창회나 향우회 모임 공지가 있을까, 하다못해 직원 가족의 부고라도 들어오지 않았을까 하는 기대로 메시지 수신함을 뒤져 보았다. 사금융의 대출 권유나 카드 결제 금액 안내, 사내 공지 사항 따위 흘낏 지나쳐보는 걸로 충분한 내용이 대부분이다.

"어이, 진즉 나가더니만 여직 이러고 있어? 조금 있으면 너도나도 몰려나와 길이 막힐 텐데 빨리 서두르지 않구."

입심 좋기로 소문난 박 대리가 차를 빼며 말을 걸어오는 게 이리도 반가울 수가 없다. 평소에는 사내답지 못한 녀석의 수다에 말려들지 않으려고 담배 한 개비도 나눠 피우기를 꺼려했는데 말이다.

"오늘 저녁 나랑 한 잔 어때?"

"저런, 하늘이 뒤집히겠는걸! 자네가 웬 일이야, 시계보다 더 정확한 사람이? 집에 숨겨둔 꿀단지에 빵꾸라도 났나? 헌데 어떡하지, 하필이면 오늘이 우리 집 제사라네. 미안하이. 내일 보세나."

박 대리는 일사천리로 자기 말만 내던지고서 차를 몰아 휭 주차장을 빠져 나갔다. 몹시도 서운했다. 나의 저녁시간을 책임지기로 한 그가 아무 이유 없이 약속을 파기한 것처럼 여겨지기조차 했다. 주차장이 더욱 활기를 띠어갔다. 차문을 여느라 삑삑대는 리모컨 소리, 바삐 달리는 구둣발 소리, 부르릉 시동 거는 소리. 확실한 목적지를 향해 전진으로든 후진으로든 아무 망설임 없이 바퀴를 굴려 나가는 차들이 무척이나 부러웠다.

갈 곳을 정하지 못한 채로, 그래도 교통 체증이 더 심해지기 전에 시내도로를 벗어나야 한단 생각에 일단 주차장을 벗어났다. 그러는 사이 그 사람에게서 또 전화가 왔다. 친정집에 아이를 맡겨둘 테니 맘 편히 회식을 하고 오라는. 정말로 미안하다며 오늘 하루만 더 참아 달라는. 그러고 보니 내일이 그 후배의 결혼식 날이다. 그토록 기다렸으면서 왜 깜빡했던 것일까? 기억하고 있었더라면 까짓 하룻밤쯤 더 선심을 쓸 수도 있었을 텐데. 빨리 들어올게요. 나는 마지막 말에서 전해져 오는 화해의 메시지를 접수하기로 했다.

그 사람은 원래부터 무척이나 오지랖이 넓었다. 그걸 왜 잊고 있었을까? 자기 일로 바쁜 와중에도 노망난 친구 시아버지를 어느 요양원에 맡기는 게 좋은지, 개성 강한 노처녀 친구에게 소개시킬 남자의 직업과 성격은 어때야 하는지, 충고 이상의 의사결정 수준에 관여하기 위해 최소한 열군데 이상은 통화를 해보고 이틀 이상 컴퓨터 검색을 해보아야 직성이 풀리는 사람이라는 걸. 기간이 짧아 내가 불편을 크게 느끼지 않아 그렇지 이번 경우와 비슷한 상황이 어디 한두 번이었던가? 원래가 그런 사람이었는데……. 그동안의 내 쪼잔함이 문득 반성되었다.

확 댕겨지는 순간의 성냥 불빛 같은, 잘 익은 감귤 색깔의 루즈가 잘 어울리는 여자. 가벼운 웃음 하나로 충분히 나의 남자를 깨우던 여자.

나는 불현듯 그 사람이 그립다.

2

신부 대기실에는 왜 거울이 없는 걸까요? 온갖 화려한 장식의 흰 드레스와 나풀거리는 면사포로 휘감은 신부가 자신의 정결에 취해 나르키소스처럼 거울 속으로 뛰어들기라도 할까 봐요? 아님 곧 이어 훼손될 아름다움에 겁먹고 도망이라도 칠까 봐요?

너도 날 떠나, 불행해지고 싶지 않다면. 아저씨는 그렇게 말했어요. 아직도 선택의 여지는 있는 거지요. 난 절대로 불행해지고 싶지 않으니까요. 그런데도 여전히 망설이고만 있는 까닭은 무엇일까요?

내가 그 여잘 처음으로 만난 건 두 달쯤 전이었어요.

여기가 DY 광고 기획사 맞죠? 사장님은 어디 가셨나요? 라며 묻는 게 왠지 전투적으로 느껴지더군요. 그 여자를 따라 훅 끼쳐 들어온 바깥 도로의 뜨거운 열기 때문이었는지 몰라요. 아직 물놀이 가긴 이른 7월 초순이었음에도 한낮의 햇볕이 따갑기 그지없던 여름날이었죠. 어쩌면 입술 때문이었을 수도 있어요. 선글라스가 얼굴의 대부분을 가리고 있어 그런지 여자의 입술만 도드라져 보였거든요. 설익은 홍시 아니면 물이 덜 든 단풍잎 같은, 붉은 빛이 도는 노랑이기도 하고 노란 빛이 도는 빨강이기도 한, 아무 여자나 소화할 수 없는 도발적인 빛깔 때문에요. 훤칠한 키와 풍만하면서도 균형 잡힌 체격 또한 날 압도했어요. 그래서였을 거예요. 오후의 나른함에 파문이 일 것 같은, 평범한 일과 어디에서

쯤 균열이 일 것 같은, 묘한 긴장감이 날 흥분시켰죠.

"혹시 사장님과 약속을 하셨나요?"

여자는 고개를 저었어요. 그리고는 두 다리를 꼬고 소파에 등을 깊숙이 기대고 앉더군요. 우리 사무실이 아주 절친한 친구 집이라도 되는 것처럼 아무 스스럼없이요. 암만 봐도 광고 문구나 간판 도안을 의뢰하러 온 사람은 아닌 것 같았어요. 그렇다고 명함 제작을 맡기러 온 보험회사 신입 사원이나 아동서적 외판원처럼도 보이지 않았구요.

"사장님은 거래처에 가서서 한 참 지나야 들어오실 텐데, 일 때문이시라면 제가 상담해 드릴 수 있어요."

"소문 들었어요. 사장님과 결혼하신다구요? 경리 직원에서 마누라로의 변신이라. 홋, 출세하셨네. 결혼 후에도 여전히 사무실에서 함께 일할 예정인가요?"

몹시 불쾌하더군요. 여자의 동문서답이 고의적일 뿐 아니라, 나와 아저씨 사이의 사적인 관계를 함부로, 그것도 비아냥대는 어조로 늘어놓았다는 사실에요. 게다가 나는 여자에 대한 아무런 정보도, 막연한 추측 거리조차도 갖고 있지 않잖아요?

"불쾌하셨다면 미안해요. 그럴 의도는 아니었는데……."

버릇처럼 얼굴이 굳었나 봐요. 참 눈치 빠른 여자였어요. 새치름한 표정을 감추지 못한 내게 대뜸 악수를 청해 오더군요. 선글라스를 벗고 얼굴 근육을 실룩이며 우호적인 미소까지 지어 보이면서요. 튀어나온 광대뼈를 우뚝한 콧날이 잡아주고, 치켜 올라간 눈꼬리를 꿈꾸듯 흐릿한 눈망울이 가려주는, 딱히 예쁜 구석이 있는 건 아닌데도 돌아서면 한 번

」더 쳐다보고 싶을 듯한 그런 얼굴이었어요. 치솟던 적의가 어느 사이 사그라들고 말았어요. 대신 여자에 대한 호기심이 뭉글뭉글 피어오르더군요. 하지만 드러내고 싶진 않았어요. 그러잖아도 나와 아저씨에 관한 정보를 충분히 가진 여자잖아요? 나를 도발하는 게 여자의 목적이라면 거기에 끌려가지 않는 게 최상의 방어죠.

"처음 뵌 거 같은데 저희에 대해 아시는 게 많네요. 커피 한 잔 드실래요?"

"친절도 하셔라. 기왕이면 뜨겁게 내린 걸로."

여자의 방심한 듯한 미소가, 아무 거리낌 없는 태도가, 느긋하기 짝 없는 노련함이 다시금 나를 격동시켰어요. 냉장고 안에 잔뜩 채워놓은 시원한 캔 커피 다 두고 귀찮은 일을 또 해야 하다니요. 하지만 어쩌겠어요? 정보를 쥐고 있는 여자가 갑이죠. 그렇다면 방문 목적이 구체적으로 파악되기 전까진 최선을 다해 비위를 거스르지 않아야 하죠. 애써 평정심을 유지하려 스스로를 다독였어요. 또록 또로록, 똑 똑…… 커피 물 떨어지는 소리에 맞춰 창밖으로 빗방울 듣는 소리가 났어요. 햇빛 쨍쨍한 초여름 한낮에 갑작스레 쏟아진 여우비는 뜨거운 아스팔트만 잠시 식히고 말 요량인지, 별로 굵지도 사납지도 않은 빗줄기로 창문을 살살 두드리다 말다 하더군요. 잔에다 막 내린 뜨거운 커피를 따르려는 참이었어요. 아저씨가 문을 벌컥 열고 들어온 것은. 젖은 머리칼을 털며, 갑작스레 무슨 비냐고 투덜대며, 어디서 찾는 데 없더냐고 내게 물으면서요. 언제나처럼 깊이를 알 수 없는 애처로움이 솟아올랐어요. 달리기 시합을 하다 넘어져 아쉽게 1등을 놓친 소년의 억울한 목덜미를 바라보는 안타까움 같은 거 말이죠.

"오랜만이야."

나보다 먼저 여자가 아저씨의 시선을 잡아당겼어요. 내게 내밀었던 조금 전의 그 손을 내밀고서 하얀 이를 드러낸 채 활짝 웃으면서요. 그 때 아저씨의 표정을 정면에서 읽었어야 하는데 말이죠. 하필 커피를 따르느라 사선으로 육십 도쯤 비켜선 탓에 정확한 관찰 각도를 놓쳤지 뭐예요. 다만 그건 느껴지더군요. 여자를 금방 알아보고서도 여자만큼 반가운 기색을 드러내지 않는다는 거. 어떻게 응대해야할지 몹시 곤혹스러워하고 있다는 거.

"어디서 저리 젊고 야무진 신부 감을 찾아냈어? 이번엔 놓치지 말고 꼭 붙들어. 뭐해, 날 소개해 주지 않고서? 호홋, 놀라긴!"

그러더니 여자는 아저씨한테 말할 기회도 주지 않고 스스로 자기소개를 하더군요. 아저씨와 아주 친하게 지낸 대학 선후배 사이라고, 촌수가 멀긴 하지만 아저씨의 집안 동생뻘 되는 처지여서 격의 없이 지냈다고요. 결혼한단 얘길 듣고 뭔가 도와줘야 한단 생각에 찾아왔다는 말도 하더군요. 해명의 분위기로 가득한 여자의 자기소개는 석연찮은 느낌을 주었죠. 여자의 말에 수긍도 그렇다고 부정도 하지 않는 아저씨의 표정 또한 어색했구요. 하지만 여자의 말이 거짓일 거란 생각은 하고 싶지 않았어요.

누군가 그랬죠. 사람은 자기가 보고 싶은 것만 보고 듣고 싶은 것만 듣는다고요. 그때 내가 그랬던 거 같아요. 홀어머니와 단 둘이 살던 아저씨가 어머니마저 보내고 얼마나 외로운 시간들을 버텨왔는지 알기에,

먼 친척이나마 동생이 있다는 건 그에게 무척 힘이 될 거라고요. 뭔지 모를 경계심으로 여잘 탐색했던 내 자신을 창피해하면서요. 결혼식 준비 과정을 도와주고 싶다는 여자의 제안이 별로 탐탁지 않았음에도 거절하지 못했어요.

3

의사는 당분간 면회를 하지 말라고 했다. 지난날들을 혼자서 충분히 정리할 수 있도록 기다려 줘야 한다고. 자신의 과거를 인정하고 스스로를 용서할 수 있을 때까지 시간을 주라고. 그러고 나선 나의 전폭적인 애정과 지지가 필요할 거라고 했다. 그래야만 그 사람이 살아갈 이유를 가지게 될 거라면서.

의사가 당연히 그래야 한다는 전제를 바탕에다 깔고 있는 만큼의 애정이, 요구되는 만큼의 포용력이 과연 내게 있을 것인가, 아니 그보다도 그 사람이 내게 원하는 것이 의사가 말하는 바로 그 것이기는 한가를 몇 번이나 스스로에게 물어보지만 난 아직 시원스런 대답을 찾을 수가 없다. 지금 이 시점에서 내가 느끼는 배신감이나 분노에 대해서는 아무도 관심을 두지 않으려 한다. 무게 중심이 그 사람에게서 내게로 건너오기를 바라는 사람은 아무도 없는 모양이다. 어쩌면 나 자신마저도.

그 날 나는 별안간 차오른 그 사람에의 그리움을 기념하기 위해, 평소 그 사람이 좋아하는 맥주를 몇 병 사들고 들어갔다. 늦더라도 올 때까지 기다려 한 잔 할 참이었다. 하지만 아들 녀석도 그 사람도 없는 저녁은 너무 길었다. 혼자서 꼴딱거리기 시작한 게 마지막 병의 바닥까지 보게 되고 말았다. 텔레비전을 켜둔 채 보다가 졸다가 하는 사이, 사내와 뱀처럼 몸을 휘감고 있는 여배우와 눈길이 마주쳤다. 다른 사내의 품에서 숨을 헐떡이며 내게 고혹적인 눈빛을 보내고 있는, 반쯤 눈을 감고 붉은 입술을 오므리고서 흐늘흐늘 무너져 내리는, 미치도록 요염한 자태의 여자. 헉! 순간 숨이 막혔다. 너무도 낯익은 얼굴이었다. 그 사람, 밤 내 날 기다리게 한 바로 그 사람이었다. 화들짝 놀라 두 눈을 부릅떴다. 전화벨이 그악스럽게 울어대고 있었다.

이정숙 씨 남편 되시죠? 폭행과 살인 미수 혐의로 부인이 본 서에 연행되어 있습니다. 참고인 자격으로 출두를 요청합니다.

완벽하게 감정이 제거된 목소리가 날 호출해 냈다. 내가 나임을 확인하고 난 즉시 아무런 설명도 없이 다짜고짜로. 뭐라구요? 겨우 그 한 어절을 다 발음하기도 전에 목소리는 자동 응답기처럼 딸깍 끊기고 말았다. 뜬금없이 폭행사건이라니, 더구나 듣기만 해도 온 몸에 소름이 끼치는 살인 미수라니, 그런 일에 어떻게 그 사람의 이름이 오르내릴 수 있단 말인가? 나는 아무래도 잘못 온 전화려니, 동명이인의 경우 저런 식의 착각도 있을 수 있겠거니 생각하려 애썼다. 아직도 사내의 품에서 거친 숨을 내뿜고 있는 여배우의 나신을 텔레비전 화면에서 몰아냈다. 딸깍! 순식간에 깜깜해지는 화면을 뒤로 하고 냉수를 한 잔 들이켰다.

그러자 뭔가 이성적인 판단이 서기 시작했다. 방금 받은 전화가 뉴스 시간에 화제가 되곤 하는 보이스 피싱 같은 걸지 모른다는 생각과 그 사람에게 확인해보면 될 걸 괜스레 겁을 먹었다는 억울한 느낌 등이 순서

없이 떠올랐다. 지금은 전화를 받을 수 없습니다. 그 사람의 전화기는 똑같은 말만 반복했다. 검찰로 송치되기 전에 피해자와 합의 볼 시간을 드리려는 겁니다. 조금 전의 전화에서보다 훨씬 정중해진 말투는 아무래도 경찰을 사칭하는 사기꾼의 것이 아니었다. 감정이 극도로 절제된 표현은 쇠붙이를 당기는 자석처럼 오히려 강렬해서 날 가차 없이 끌어냈다. 행여 술 냄새를 풍길까봐 서너 번 가글을 하고, 급히 옷을 갈아입었다. 늑장을 부리면 부리는 그 만큼 어떤 불이익을 당할 것만 같은 본능적인 두려움에 쫓겨 정신없이 액셀러레이터를 밟았다.

"지금 곧장 대학병원 응급실로 가시죠. 조서를 작성하던 형사가 잠깐 화장실 다녀오는 사이에 자해를 했어요. 사건 처리보단 사람 목숨이 더 중요하지 않습니까? 그리 큰 상처는 아닌 걸로 압니다만."

난 급히 돌아서려다 내가 급해야 할 이유에 대해 알고 싶어졌다. 앞뒤 정황을 아무 것도 모르면서 팽이처럼 이리저리 굴러다닐 수야 없잖은가 말이다. 친절해 보이는 나이 지긋한 경찰이라면 내가 원하는 답을 어느 만큼은 해줄지도 모르는 일이었다. 나는 담배를 하나 빼물면서 그에게도 권했다. 혹 무슨 일인지 알 수 있겠냐는 내 질문에 즉답을 피하며 우물대는 그의 태도가 나를 더 초조하게 했다. 나는 그에게 라이터 불을 대주면서 한 번 더 간곡하게 부탁을 했다. 글쎄, 저도 정확한 내용은 잘 모릅니다만. 길지 않은 그의 답변은 도무지 납득되지 않는 것들뿐이었다. 어떤 식으로 정리해야 할지 아무 단서도 잡을 수 없는 내게 그는 아주 이성적인 어투로, 지극히 경찰다운 해결 방법을 제시해 주었다.

"응급실에 들러서 아주머니의 상태를 먼저 확인해 보시구요, 그런 다음 피해자가 있는 병원에 한 번 들러 보십시오. 재판까지 가지 않으려면 검찰에 송치되기 전에 합의를 보서야 합니다. 내일이 결혼식이라던데 식을 연기할 정도로 상처가 깊진 않다니, 잘만 하면 합의를 봐 줄 겁니다."

대학 병원 응급실에는 어떻게 알고 달려왔는지 장모가 시퍼렇게 질린 얼굴을 하고 서 있었다. 아이고, 김 서방. 이를 어쩌나? 나를 보자마자 장모는 마치 지옥에서 지장보살이라도 만난 사람모양 달려와 내 두 손을 끌어 잡고 만지작거리면서 하염없이 눈물을 쏟아냈다.

"이마를 몇 바늘 꿰매고 금방 잠이 들었다네. 참말로 자네 볼 낯이 없네. 내가 죄인일세. 그 아일 용서하게. 그 놈이 우리 아일 이렇게 만들었어. 그 순하고 착하기만 하던 것을. 시집가서 애 낳고 잘사는 아이에게 그 못된 놈이 또 나타나다니. 자네에겐 참말로 할 말이 없네. 그저 다 내 탓일세. 자네 아들을 봐서라도 제발 그 앨 용서하게."

장모의 말엔 아무런 논리적 설득력이 없었다. 일을 저지른 사람은 따로 있는데 자신을 죄인이라 하고, 또 정체를 알 수 없는 그 사람의 옛 남자에게 모든 책임이 있다는가 하면, 아들 녀석을 앞세워 날더러 그 사람을 용서하라 한다. 어떤 구체적인 설명이나 변변한 해명 한마디 없이. 도대체 그 사람의 무엇을, 왜, 어떻게 용서하라는 것인가? 내게 그런 요청을 해도 되는 권리가 장모에게 있기는 한가?

햇볕이 마구 내려 쪼이는 게 머리카락이라도 그을릴 듯 뜨겁다. 여름이 다 갔음에도. 주변은 텅 빈 것처럼 고요하다. 점심시간이 끝나갈 무렵이어서 서둘러 사무실로 들어가 봐야 할 테지만 온 몸이 뻐근한 게 몸살이라도 날 것만 같다. 난 어디에라도 엉덩이를 잠시 붙이고 싶어졌다. 꽝꽝이나 회양목, 철쭉 따위 키 작은 관목들이 보도와 경계를 짓고 있는 안쪽으로 제법 넓게 펼쳐진 잔디밭이 푸근해 보였다. 정신과 병동 한가운데 있는 고즈넉한 공간, 그 정원에 심어진 나무라 봐야 1미터를 넘을까 말까 해서 스며들고픈 그늘은 별로 없다. 그 중 연분홍빛 꽃송이를 뭉클뭉클 매달고 있는 어린 배롱나무가 눈에 띄었다. 하얗고 매끄러운 수피와 자잘한 이파리들이 얼기설기 그늘을 드리운 아래, 반반한 바위까지.

문제를 더 키우고 싶지 않아요. 경찰이 권유하는 대로 따를게요. 결혼식을 한 나절 앞 둔 신부답지 않게 아주 냉철한 아가씨였다. 폭넓은 한복 치마로 가려진 병실 안쪽 풍경은 거의 보이지 않았다. 휘황한 연둣빛 저고리 너머로 놈의 뒤통수만 흘낏 볼 수 있었다. 어쩌면 가장 큰 피해자는 선생님일지도 모르겠네요. 안녕히 가세요. 병실 문이 닫히고도 한참을 난 거기에 그대로 서 있었다. 전혀 의도하지 않았는데도 웃음이 터져 나왔다. 가장 큰 피해자라……. 순간 난 놈을 찌르고 싶다는 강렬한 충동에 휩싸였다. 그 사람이 마저 하지 못한 걸 내가 할 수도 있겠다는.

담배를 피우고 싶어졌다. 니코틴이 주는 그 깊고도 무량한 위로를 당장 느끼고 싶었다. 호주머니를 여기저기 뒤적거렸다. 몇 장의 지폐와 카드 몇 개가 꽂힌 지갑, 딱 한 개비만 남아있는 헐렁한 담배 갑, 놈과 그 사람을 위해 지불한 병원 진료비 영수증, 그리고 가스가 다 닳아진 싸구려 라이터 하나. 불을 지를 수도 있겠단 생각을 그때 내가 했던 것일까? 나는 라이터를 켜보았다. 차륵 차륵 차르륵……! 불꽃을 확 피워 올리지도 못하면서 가쁜 숨을 토해내듯 희끄무레한 연기만 몇 번 토해내더니 그 뿐. 입에 물고 있던 담배에 나는 끝내 불을 붙이지 못했다. 여기는 금연구역입니다. 지나가던 간호사가 단호한 어조로 내게 경고했다. 제길! 나는 다섯 걸음쯤 앞에 있는 쓰레기통을 향해 라이터를 던졌다. 터엉, 또르르륵……. 라이터는 철제 쓰레기통의 몸통에 부딪힌 다음 복도 바닥으로 떨어져 굴렀다. 터엉, 또르르륵……. 복도 끝에서 똑같은 소리가 되울려 나왔다. 다 비우고서야 비로소 끊어지는 관계의 허망함. 그 허망스러움이 내는 소리.

배롱나무 가지 사이로 오후의 햇살이 더 깊숙이 비쳐 들어왔다. 빛바랜 연분홍 꽃 이파리가 하나 둘 무릎 위로 떨어져 앉는 동안 그나마의 그늘이 등 뒤로 물러갔다. 병원의 다른 건물들과 격리되어 있는 정신과 병동 한 가운데, 철망이 둘러쳐진 모든 창에서 밖으로 향하는 시선들이 수렴되도록 만들어진 녹색의 공간. 갑자기 온 몸에 소름이 돋았다. 얼마나 많은 눈들이 지금 내게로 향해 있을까? 그 중에는 그 사람의 것도 있을까?

나는 서둘러 정원을 빠져 나왔다. 병동을 에워싼 담벼락을 타고 주황색 꽃잎들이 흐늘거렸다. 더위에 지쳐 노란 꽃술마저 축 늘어뜨린 능소화 꽃 무리였다. 꽃잎이 한창 화사한 빛을 뿌릴 때, 아름다움에 취해 너무 가까이서 바라보다간 꽃가루 때문에 눈이 멀 수도 있다는 독화毒花 아무렇게나 입 벌린 수많은 꽃송이의 무게를 감당 못해 축축 처진 줄기들이 안쓰러웠다.

4

어젯밤, 난 철딱서니 없게도 함이 들어오는 골목길로 나가 구경을 하고 싶어 안달이 나 있었어요. 요즘도 그런 촌스러운 일이 벌어지냐구요? 뭐, 여러 가지 조건이 맞아떨어지다 보니 그렇게 된 거죠. 행정구역상 광주광역시에 편입되어 있긴 하지만 화순 군청이 더 가까운 동구 끝자락 마을, 논밭이 마을을 둘러싸고 있는 용연동에 우리 집이 있는데다, 40대를 바라보는 아저씨의 유부남 친구들이 옛 풍습을 되살려보고 싶다며 우리 아버지한테 애걸복걸 했거든요. 어쨌거나 총각 시절 적잖이 함을 팔아 보았을 그들의 왁자한 장난기가 동네 어르신들의 흥을 오랜만에 북돋고 있는 자리에 정말로 끼어들고 싶었지요.

신부는 다소곳하게 방에 앉아 있는 거야. 그리 설치고 다니면 한복이 구겨지잖겠어? 전혀 그 자리에 나타나야 할 이유가 없었던 여자가, 그 말을 해주려고 온 사람처럼 딱 그 시간에 내 앞을 막아섰어요. 곶감을 훔쳐 먹으려다 들킨 아이마냥 무안해져서 여자가 왜 우리 집엘 왔는지 물어볼 생각도 못하고, 신발을 다시 벗고는 방안으로 들어갔지요. 조금 전까지 접시를 나르고 있던 이모들이 하나도 보이지 않았어요. 다들 대문간으로 몰려 나갔겠죠. 웃고 떠드는 왁자지껄한 소리판에 끼지 못하는 내가 억울하고 처량하다는 생각이 들더군요. 함꾼들을 위해 상을 차려놓은 안방에 앉아 손톱이나 물어뜯고 있을 수밖에요.

그런데요, 어느 즈음에선가부터 떠드는 소리의 질이 확연히 달라졌어요. 흥과 신이 무르익는 소리가 아니라 불안과 당황의 빛이 역력한, 그래서 더는 안방에 다소곳이 앉아있을 수 없게 하는, 불길하고도 소름 돋는 그런 소리들로요. 이어 비상 상황을 알리는 경광등 소리마저 시끄럽게 울려 퍼졌어요. 펄쩍 뛰어 내달렸죠. 신발도 신지 않고 한달음에.

아니, 세상에 이런 날벼락이 어디 있어요? 하얀 와이셔츠 자락에 시뻘건 피가 낭자한 아저씨를 구급차가 싣고 있지 뭐예요? 웅성거리는 사람들 사이를 헤집고 무작정 구급차에 뛰어 올랐죠. 아무도 날 말리지 않았어요. 모두들 어안이 벙벙해서 그저 멍해있는, 일종의 순간정지 상태였다고나 할까요? 색동 소매를 단 연둣빛 저고리에 다홍치마를 입은 맨발의 신부, 지금 생각해 보면 무슨 영화장면 같았을 테지만 그땐 아무 생각도 할 수 없었어요. 도대체 누구인가, 함을 들이는 신랑에게 이런 해코지를 한 사람이 누구란 말인가, 하는 의문 하나만이 머리를 꽉 채우고 있었죠. 구급차의 문이 닫히고 골목길을 막 벗어나려는 찰나, 두 명의 경찰에게 양 팔이 낀 채 경찰차에 오르지 않으려고 온 몸을 뒤틀며 악악거리는 여자를 봤어요. 세상에나, 그 여자라니. 설마, 그럴 리가요. 정말 그 여자인지 다시 한 번 확인하려고 차창에 바짝 더 가까이 눈을 댔어요. 위선자! 느닷없는 그 한 마디가 귀에 들어오더군요.

첫 만남 이후 여잔 퇴근 시간에 맞춰 사흘이 멀다고 나타났어요. 보석세공을 기막히게 잘 한다는 금은방, 최고의 디자인으로 정평이 나 있는 웨딩드레스 숍, 신혼살림 일체를 공급해주는 혼수품 전문 매장, 정교하고 우아한 자수로 신부의 화사함을 극대화시켜준다는 한복 전문점 등등. 이루 다 꼽을 수가 없네요. 여자의 세심함은 비용 절감 면에서도 어느 웨딩플래너에 뒤지지 않았어요. 게다가 아저씨에게 가끔 얻어먹는 저녁 이외엔 다른 봉사 비용을 청구하지도 않았구요. 경계심을 자극하던 주황빛 입술이 다정하게 미소 짓는 언니의 것으로 보이고, 도전적으로 여겨지던 당당한 체격이 언제든 안길 수 있는 엄마의 넓은 품으로 느껴지기까지 했죠. 아저씨에 관한 시시콜콜한 불만을 털어놓는 철없는 행동도 스스럼없이 하게 되었어요. 그런데 그 사이 무슨 일이 벌어진 거죠? 아무리 머리 굴려 추리를 해봐도 짚히는 게 하나도 없더군요.

"미안해. 너도 날 떠나고 싶으면 떠나. 불행해지고 싶지 않다면."

의사의 처치가 끝나고 병실에 둘만 남게 되자 아저씨가 혼잣말처럼 중얼거렸어요. 마취에서 막 깨어난 사람처럼 초점 없이 풀린 눈동자로요. 상처는 흰 와이셔츠를 물들인 핏자국에 비해 가벼워서 마취 없이 서너 바늘 꿰매는 걸로 끝났는데 말이죠. 왼쪽 어깨에 길게 그어진 칼자국이 선명하긴 했지만 그리 심하게 아픈 것 같지도 않았구요. 바로 집으로 돌아가도 된다는 의사의 권고를 무시하고 굳이 빈 입원실 하날 요구한 건 순전히 나를 위한 거였어요. 온몸이 떨리고 위 아랫니가 딱딱 부딪히는 게 도무지 집에 갈 마음이 나지 않아서요. 식구들이나 동네 사람들은 또 무슨 면목으로 보겠어요, 글쎄? 그리고 무엇보다 아저씨의 해명을 들어야 했으니까요. 전에 없이 명료한 판단력으로 제법 어른스럽게 사태 정리도 했지요. 신나는 구경거리라도 만난 양 아저씨 친구들이 밀어닥치지 않도록 괜찮다고, 안정을 취하면 결혼식도 무사히 치를 것 같다고, 집안 어르신들 단속이나 잘해 달라고 부탁 전화도 하구요. 그때 왜 갑자기 그 여자의 얘기가 떠올랐는지 모르겠어요. 퀴퀴한 냄새가 나는, 낡아빠진 테이블에 지나간 전성기의 흔적이 남은, 휑뎅그레 넓은 홀을 가진 맥주집의 풍경까지 말예요.

날마다 강간당하는 느낌. 아무 데도 맘대로 돌아다닐 수 없는 감금 상태. 그와 반 년 넘게 동거하는 동안의 내 삶이 그랬어. 숨 막힌다는 느낌을 가져본 적 있니? 머리로, 이성적으로가 아니라 실질적으로, 물리적으로? 조금이라도 싫어하는 기색이 보이면 그는 미쳐 날뛰었어. 온 몸에 푸르스름한 멍 자국이 지워질 날이 없었지. 그런데 참 이상하지? 그 끔찍한 남자에게서 도망을 쳤는데도, 숨 쉴 공간이 넘치다싶을 만큼 충분한데도 딱히 행복하다는 느낌을 가질 수가 없다는 게.

옛 사랑에 관한 여자의 소름끼치는 추억에 연민을 느끼며, 부르르 쥔 주먹으로 그 남자에 대한 분노를 삭이며, 훌쩍이는 여자를 따라 내 손수건도 적셨더랬죠. 네 아저씬 어때? 기습적인 여자의 질문에 솔직히 대답하기 참 어려웠어요. 자랑처럼 들릴까 봐요. 보셨으니 알잖아요. 어리숙하게 웃으며 슬쩍 넘어갔죠. 풋! 그때 여자가 터뜨린 웃음이 조소였던 걸까요? 위선자 같으니……, 농담조로 끝을 흐리던 말은 내가 아니라 아저씨를 겨냥한 거였을까요?

"설마 아니지? 그 언니, 아니 그 여자의 옛 남자가 설마 아저씨는 아니지?"

그런 질문이 왜 불쑥 튀어나왔는지 모르겠어요. 아저씨에게서 무슨 대답을 듣고 싶었던 걸까요? 우문현답이라는 게 바로 그런 거겠죠. 나와 절대로 눈을 맞추지 않으면서 중얼거리듯 한 마디 내뱉더군요. 사람과 사람 사이에, 남자와 여자가 맺는 관계에, 일관된 법칙 따위는 없어. 그땐 젊었고 그 여자 하나가 내 세상의 전부였고, 난 필사적으로 그걸 지키려 했을 뿐이야. 단지 그뿐이었어.

카메라의 불빛이 눈부서 똑바로 눈을 뜰 수가 없네요. 그것도 모르고 카메라 기사는 내게 자꾸 찡그리지 말고 웃으라네요. 곧 결혼식이 시작될 예정이니 밖에 서 계시는 하객들은 장내에 들어와 앉아 주시라는 사회자의 안내말도 들려 오구요. 서로 고개를 맞대 하트 모양의 부케로 변신한 흰장미들은, 모가지가 뎅경뎅경 잘려 철사에 꿰인 채로도 달콤한 향기를 짙게 뿜어내고 있군요.

아직도 내겐 여지가 있는 거지요? 아버지의 팔짱을 끼고 드레스 앞자락을 밟지 않도록 조심하면서 붉은 카페트가 깔린 예식장의 가운뎃길을 걸어 갈 수도, 현기증이 날 만큼 향이 짙은 부케 옆에 목이 긴 하얀 장갑을 벗어 가지런히 놓아두고 신부 대기실을 떠나갈 수도 있는.

알레그로 마에스토소

알레그로 마에스토소

봄 1

이럴 땐 눈을 감아야 한다. 에스프레소 머신이 내뿜는 숨소리가 거칠어지고 피아노 건반이 가파르게 오르내릴 때. 눈동자를 눈꺼풀 속에 가둬두지 않으면 빠르게 몰아치는 곡조를 음미할 수 없다. 건반을 타고 제멋대로 미끄러지는 향기를 한껏 누리지 못한다. 의자 등받이를 최대한 뒤로 젖힌다. 소란스러움 속에서 나는 평안하다.

첫 물을 따른다. 맑고 투명하고 새까맣다. 그리고 향기롭다. 조그만 잔을 두 손으로 받쳐 눈높이까지 들어올린다. 뜨거운 기운이 끼쳐온다.

오늘 하루 아무런 말썽 없기를! 피어오르는 김을 향해 나만의 주문을 왼다. 언젠가부터 시작되어 날마다 거르지 않게 된 아침 의식이다. 새하얀 찻잔이 호르르 긴 한숨으로 대답한다. 그 한숨이 손바닥을 지나 온몸의 혈관으로 퍼져 나간다. 손가락 끝에서 가벼운 전율이 인다.

커피 향을 제대로 음미하려면 목 넘김이 좋은 온도에서 단숨에 빨아들여야 한다. 하나, 둘, 셋……. 바로 지금이다. 마시기에 가장 좋은 때. 후루룩 둘러 마신다. 구수하고 달콤한 향이 부드럽게 감긴다. 시큼한 듯 쌉싸름한 풍미가 깊고도 섬세하다. 아라비카와 로부스타의 배합비율이 더할 나위 없이 완벽하다. 물걸레질이 끝난 바닥은 보송보송하게 말라 있고 커피 향을 머금은 실내 공기는 아늑하다. 첫 손님이 들기에는 아직 이른 시간이다. 등받이를 젖혀둔 의자에 다시 몸을 부린다. 낮게 깔리는 첼로의 선율이 푸근하다. 나는 하품을 깨물며 한껏 늘어지게 기지개를 켠다. 피아노 소리가 수은 알갱이처럼 방울방울 수많은 동그라미로 부서진다. 설핏 잠의 그늘 속으로 빠져든다. 따스하고 나른하다. 두 손이 의자 팔걸이에서 툭 떨어진다.

띠링띠링! 도어 벨 소리다. 주의력 없는 어린 고양이의 재채기 소리처럼 경박스럽다. 차가운 바람이 정수리를 때린다. 벌떡 일어선다. 어서 오세요. 멋진 아침입니다. 습관처럼 상냥한 인사가 튀어나온다. 검정색 트렌치코트를 걸친 여자가 열린 문틈으로 고개를 들이민다.

"아침부터 죄송해요. 뭐 좀 물어봐도 될까요?"

뭐라 대답하기도 전에 여자가 가게 안으로 성큼 들어선다. 예의 바르고 조심스런 말투와는 다르게 서두는 기색이 역력하다. 그러더니 코앞으로 사진 한 장을 불쑥 들이민다. 까만 졸업 가운을 입고 사각의 학사모를 삐딱하게 눌러쓴 시골 아낙의 사진이다. 자녀의 대학 졸업식 날 찍은 기념사진 같다.

"혹시 아시겠어요?"

여자가 다짜고짜 묻는다. 사진 속 인물을 탐색할 여유도 주지 않고서 말이다. 여자의 초조함과 조급증에 떠밀려 나 역시 빠른 결론을 내린다. 글쎄요. 말꼬리를 흐리며 도리질을 한다. 여자의 눈빛이 간절해진다.

"다시 한 번 자세히 봐 주세요. 저희 어머닌데요, 이십 년쯤 전이니간 지금은 이보다 훨씬 늙으셨어요. 얼굴 윤곽이 뚜렷한 독사진이라곤 이것 밖에 없어서……. 이틀 째 행방이 묘연해요. 치매로 요 근처 요양원에 모신지 반년쯤 되는데요, 엊그제 점심 식사 후로 본 사람이 없대요."

여자의 눈이 벌게진다. 나는 사진 속 얼굴을 찬찬히 훑어본다. 초로의 여인이 눈을 반쯤 내리깔고 입 꼬리를 살짝 치켜 올린 채 쑥스럽게 웃고 있다. 얼떨결에 카메라 앞에 서서 늘어진 팔을 어떻게 처리할지, 눈빛을 어디에 둘지 몰라 어색해하는 표정이다. 그런데 이상하다. 자세히 바라보고 있자니 웃고 있는 그 눈에서 한줄기 눈물이 주르르 흘러내릴 것만 같다. 살짝 벌어진 순한 입매에서 금방이라도 낮은 울음소리가 터져 나올 듯싶다. 기묘한 분위기다. 뭔지 모를 슬픔을 중화시키는 건 마디 굵은 두 손이 껴안고 있는 꽃다발이다. 만개한 꽃송이들이 그네의 가슴 위에서 화사한 빛깔을 뿜어내며 출렁거린다.

"그날 아침에도 어머니가 그러셨대요. 당신 영감님이 면횔 오면 같이 시내에 갈 거라고, 멋진 다방에 가서 커피를 마실 거라고. 요양원 측에

선 별로 신경 쓰지 않았다네요. 하루에도 몇 번씩 만나는 사람마다 붙들고 그런 애길 해댄 게 습관이다시피 해서."

사진을 바라보는 내 진지한 눈길에 고무된 듯 여자는 장황하게 늘어놓는다. 아예 판매대 앞 간이의자에 걸터앉기까지 한다.

"참 우습죠? 울 어머니 평생소원이 글쎄 난봉꾼 아버지와 시내에서 커피 한 잔 마셔보는 거였다니……."

뭐라 대꾸해줄 말이 떠오르지 않는다. 실종된 치매 노인의 행방을 커피숍에서 찾겠다는 여자의 의도가 사리에 들어맞지 않는단 생각 이외엔. 게다가 어머니의 영감님이라면 여자 자신의 아버지일 테니 그에게 물어보면 모든 게 자명하지 않겠는가 말이다. 내 의문을 이미 짐작한 듯 여자가 변명을 늘어놓는다.

"어머니껜 늘 고액 채권자처럼 굴었던 아버지가 자주 면횔 와서는 함께 외출했다는 사실을 어제야 처음 알았어요. 그때마다 영감님이랑 비싼 다방엘 갔노라며 자랑이 하늘을 찔렀다네요. 하지만 그건 벌써 넉 달 전 얘기에요. 아버진 급성 폐렴으로 지난 연말에 돌아가셨거든요."

어쨌거나 여자는 속는 셈 치고 요양원 근처 찻집을 모조리 뒤져보리라 마음먹었다는 것이다. 여자는 우리 가게가 어제에 이어 아홉 번째 집이라고 말한다. 여자의 정성이 사뭇 딱해 보인다. 사진 속 초로의 여인에게 다시 한 번 시선을 집중한다. 낯설지만은 않은, 어디선가 마주친 듯싶은 그런 얼굴이다. 어려운 시절을 살아낸 우리 어머니, 할머니들의 표정이며 분위기를 닮아서일까? 나는 생각을 모은다.

"하기야 치매환자가 지어낸 실없는 상상이겠죠. 죽도록 미워했던 한

량 아버지한테 이제 와 새삼 여자 대접을 받고 싶어 하다니……."

여자는 사진을 지갑에 도로 집어넣는다. 눈가 잔주름 사이로 짙은 그늘이 내린다. 번거롭게 해서 미안하다며 어색하게 웃는다. 웃고 있는 눈동자가 사뭇 촉촉하다. 웃는 것도 그렇다고 우는 것도 아닌 애매한 눈빛이 사진 속 여인과 닮아있다. 여자는 주문한 커피를 다 마시지도 않고 돌아선다. 작은 종이 달그랑대며 여자를 배웅하느라 수선스럽다. 피아노가 가야 할 먼 길을 가늠하는 사람처럼 주춤거린다. 유리문은 서둘러 미세한 흔들림을 바로잡는다. 커다란 추 하나를 사이에 두고 힘겨루기를 해대던 두 개의 꼬마 종도 언제 그랬냐는 듯 새치름하다. 여자에게 말해주고 싶은 무언가가 휙 스치고 지나간다.

"저기, 잠깐만요."

굳게 닫힌 유리문이 여자를 부르는 내 목소릴 삼켜버린다. 어른거리던 여자의 코트 자락이 이내 사라진다. 나는 주방에서 판매대를 돌아 나와 손님용 탁자 사이를 거쳐 바삐 출입문으로 향한다. 당장 여자를 붙드는 것이 내 평생의 의무인 것처럼 절박하다. 세 평 남짓의 공간이 참으로 까마득하게 넓다. 거칠게 문을 밀어젖힌다. 서늘한 봄바람이 이마를 때리고 지나간다.

거리는 온통 노란빛이다. 갓길을 따라 개나리꽃이 한창이다. 육중한 트럭이 꽃 그림자를 뭉개며 지나간다. 택시가 경적을 울려댄다. 알록달록한 등산복들이 막 정차한 버스를 놓치지 않으려고 숨도 쉬지 않고 달려간다. 여자의 까만 옷자락이 도로 건너편 노란 꽃길 속으로 미끄러져 들어간다.

저기요, 소리 높여 외친다. 여자는 뒤돌아보지도 두리번거리지도 않는다. 잠깐만요, 목청을 더욱 높인다. 여자는 고개를 숙인 채로 그저 나아가기만 한다. 안경점을 지나 과일 가게를 지나 제과점 앞을 지난다. 6차선 도로 건너편은 아마 소리로 가 닿을 수 없는 진공지대인가보다. 따가운 시선들이 목덜미로 와 꽂힌다. 슬그머니 창피해진다. 정신없이 여자를 뒤쫓아 나온 이유에 문득 자신이 없어진다. 그저 막연한 추측에 불과한 이야길지 모른다.

지난 가을 1

늦더위가 한풀 꺾인 구월의 끝 무렵이었다. 첫 손님이 들기에는 아직 이른 어느 아침이었다. 갓 뽑아낸 커피 향을 쇼팽과 함께 음미하며 나만의 고요 속에 흠뻑 빠져드는 중이었다. 방정맞게 딸랑대는 도어벨 소리가 유난히 신경을 거슬렀다. 출입문을 향해 미처 고개를 돌리기도 전에 다갈색 중절모의 노인이 눈앞에 나타났다. 마치 바닥에서 솟아오른 사람처럼 재빨랐다. 주방의 내 전용의자에 파묻혀 에스프레소를 한 모금 머금던 나는 화들짝 놀라 일어섰다. 암만 봐도 모닝커피를 마시러 온 손님 같지 않았다.

"여기가 코피 파는 다방인가, 마담?"

"네?"

노인의 질문이 무얼 의미하는지 한참 생각해야 했다. 주공 아파트가 어디에 있냐거나 버스 정류장, 혹은 지하철 입구 따위를 물어본 게 아니었던 것이다.

"커필 파는 곳이긴 해요. 하지만 다방이라기엔 좀……."

"코피는 판다면서 다방이 아니라? 이봐요, 마담! 물장사로 성공하려면 얼굴만 빤지르르 해선 안 되야."

노인은 와와 소리를 질러댔다. 누런 이 사이로 침방울이 튀겼다. 입안에서 그윽하고 감미롭게 맴돌던 커피 향이 쓰고 텁텁한 뒷맛을 남기며 사라져갔다. 더럽게 재수 나쁜 날이 될지 모른단 불안감에 사로잡혔다. 그동안의 경험에 비추어 볼 때 아침 첫 손님과 그날 하루의 매상 사이에는 엄청난 상관관계가 있었다. 직접 영업을 해보기 전에는 그저 떠도는 통설이거니 했다. 물건을 바꾸려면 아침 시간을 피해야 한다고 충고하던 엄마를 나는 터무니없는 미신의 신봉자쯤으로 치부했다. 하지만 그게 장사꾼들의 감각적 통계에서 비롯되었음을, 엄마의 미신 신봉이 상인들에 대한 세심한 배려였음을 깨닫는 데는 별로 오랜 시간이 걸리지 않았다.

적잖은 상처를 입으며 손해 줄이는 비결을 터득해 두었다. 빠른 분위기 전환 이외에 다른 방법이 없다는 거, 잘난 척 하고 따지기 좋아하는 손님과 실랑이를 벌이는 건 백해무익하다는 걸 말이다. 어떤 경우에도 얼굴에서 웃음기를 거두지 않아야 하고, 내가 먼저 잘못했음을 시인하고 무조건 사과해야 한다. 경우에 따라선 상대가 질릴 때까지 무상으로 커피를 제공하는 억울함도 감내해야 한다.

"죄송해요. 저는 어르신이 집을 잘못 찾아오신 줄 알았죠."

마음속에 이는 불쾌감을 억누르며 볼을 허물었다. 눈 꼬리에 애교스런 주름을 잡고 아랫입술은 둥글게 말았다. 목소리는 필요 이상으로 가늘고 높게 하여 여성스러움을 과장했다. 딸 같은 여자에게 괜한 일로 핏대를 세운 자신에 대해 부끄러워하며 노인이 서둘러 나가주기를 기대하며, 나의 아담하고 예쁜 커피숍에 전혀 어울리지 않는 손님을 빨리 몰아내는 방법이 그뿐이라는 데 생각을 집중하면서 말이다.

"그려, 그려. 어른 말을 잘 들으믄 자다가도 떡을 얻어 묵는 법이여."

노인의 얼굴에 느물거리는 웃음기가 서렸다. 그의 만족스런 눈길이 나의 얼굴이며 목덜미, 어깨선을 지나 가슴께를 찬찬히 훑어 내려갔다. 둘 사이를 가로막고 있는 판매대마저 뚫어버릴 듯 집요했다. 온몸이 가려워지기 시작했다. 그러면서 풋 웃음이 터져 나왔다. 아무 것도 어쩌지 못하는 늙은 수컷의 허세는 코미디다. 나는 애써 표정을 다잡으며 물었다.

"커피 드시러 오셨어요? 뭘로 준비해 드릴까요?"

짐짓 사무적인 말투로 깍듯하게 물었다. 노인은 헛기침을 해대며 메뉴판으로 눈길을 돌렸다.

"보자, 에스-뽀레쓰, 아메리까나, 까뿌치-노……."

노인은 글씨를 막 배우기 시작한 어린애처럼 또박또박 읽으려고 애를 썼다. 그의 손가락이 판매대 위에 붙은 메뉴판의 글자 하나하나를 더듬어가며 허공에 점을 찍었다.

"기양 코피로 달라 그려요."

어디선가 들릴 듯 말 듯한 여자 목소리가 새나왔다. 연자줏빛 생활 한복을 정갈하게 차려입은 노파였다. 내가 노인과 신경전을 벌이는 사이

슬그머니 들어와 앉은 모양이었다. 눈을 반쯤 내리깔고 어색한 웃음을 머금은 채 탁자에 팔을 괴고 있는 모습이 여느 할머니들 같지 않았다. 첫 데이트에 설레는 처녀처럼 보이기조차 했다. 나는 그들이 어떤 관계인지 갑자기 궁금해졌다.

"그려, 그려. 코-피 두 잔으로 줘요!"

주문하는 노인의 말투가 갑작스레 공손해졌다. 조금 전까지 기세등등하던 모습과는 딴판이었다. 모든 정황이 순식간에 이해되었다. 커피숍 문을 열고 당당하게 들어서던 노인의 꼿꼿한 발걸음이며 터무니없는 트집, 그리고 나를 샅샅이 훑던 뻔뻔한 눈길이 무슨 의미였는지. 노부부의 나들이라기엔 서로에게 미치는 긴장의 강도가 너무도 팽팽했다. 노인은 정갈한 노파의 마음을 사기 위해 세상물정에 대한 해박함과 자신의 남성을 한껏 과장해 보인 것이다.

"한 잔만 시켜요. 나눠 마시면 되잖아요."

노파는 노인을 자기 옆에 끌어다 앉히며 낮은 소리로 속삭였다. 행여 내가 들을까봐 눈치 보며 조심스레 제안하는 것이었다. 우습기도 하고 어이없기도 했다. 약수터에서 물을 나눠 마시거나 공원에서 볕을 나눠 쬐는 게 그들에게 어울리는 데이트 방식일 터였다. 주제넘게 젊은이들의 연애 풍속을 흉내 내는 늙은 연인들을 골탕 먹이고 싶어졌다. 나는 발음하기 어려운 커피 상품의 명칭들을 간단한 설명을 덧붙여 친절하게 읽어 주었다. 그리고는 어떤 걸 원하는지 정확히 주문해달라고 요청했다.

노파의 환심을 사고 싶어 안달 난 노인이 거드름을 피우며 에스프레소를 주문했다. 커피에도 수많은 종류가 있다는 걸 도무지 이해 못하는 노파에게 노인은 자신의 분별력을 과시할 절호의 기회를 잡은 거였다. 아무 것도 첨가하지 않아 그 맛이 순수하다누만. 노파의 두 볼에 가벼운 홍조가 떠올랐다. 이름이 이쁘네요. 다소 어눌하게 들리는 순한 목소리 에는 기대와 설렘, 고마움과 쑥스러움이 뒤섞여 있었다.

주문을 접수하는 나의 입가에 심술궂은 웃음이 피어올랐다. 인스턴트 커피가루에 설탕과 크림 분말을 잔뜩 넣은 것 말고 커피에 대해 그들이 아는 게 더 있을까? 진짜 에스프레소 잔을 앞에 두고도 여전히 화기애애 할 수 있을까?

"이걸 시방 코피라고 주는 것이여?"

아니나 다를까 노인이 펄쩍 뛰었다.

"소주도 아니겠고, 눈곱만한 종재기에다 달랑 삐약이 눈물만큼 담아 내온 요것이 코피란 말여? 설탕이나 크림은 어디로 출장 간겨? 거기다 모닝 코피라면 마땅히 따라와야 할 계란 노른자는? 뭔 놈의 다방 인심이 요렇게도 사나운고?"

노인은 다만 호기를 부리는 게 아님을 내게 확인시키려는 듯 표정마 저 험하게 일그러뜨렸다. 그런데도 전혀 긴장되지 않았다. 웃음이 나오 려고까지 했다. 희극영화 한 장면의 엑스트라로 출연한 듯싶은 가벼운 흥분마저 일었다. 나의 심술은 한걸음 더 나갔다.

"이게 아무 것도 첨가하지 않은 순수한 커피 원액, 에·스·프·레·소라는 겁니다. 우리 가게는 이걸 전문으로 판매하는 곳이구요. 조금 전에 제가 충분히 설명해 드렸죠? 어르신께선 분명하고 정확하게 주문하셨구요.

설탕은 여기 있으니 원하시면 넣어 드세요."

그리고는 애써 냉랭한 표정을 지으며 봉지 설탕을 노인에게 한 주먹 내밀었다. 돌이켜 생각해보면 커피숍을 시작한 이래 내가 저지른 가장 어리석은 행동이었다. 연인 앞에서 한껏 자신을 과장하고 싶은 수컷 공작새에게 그렇게까지 모멸감을 안겨줄 필요는 없었던 것이다. 노인의 언성이 거칠어지고 훈계의 수위가 한층 높아졌다. 인심 좋고 후덕했던 옛날 다방 마담들의 행실이 신사임당의 부덕에 비견되고, 저울과 계산기로 중무장한 인정머리 없는 세태는 모두 내 탓으로 돌려졌다. 우애와 친교의 메카였던 다방이 천박한 장사치들의 소굴로 전락한 것 역시 내 책임이었다. 그들이 어울리지 않는 장소에 왔음을 깨닫고 서둘러 떠나주기를 바랐건만 분위기는 내 의도와 전혀 다르게 전개되었다.

나는 노인의 거친 항의에 적잖이 당황했다. 그의 항변이 그르다고만 할 수도 없었다. 나는 그들의 커피 향유 권리와 능력을 한껏 무시했으며, 무엇보다도 노인을 구애 중인 남성이라는 관점에서 파악하지 않았다. 그의 흥분을 잠재울 비책이 얼른 떠오르지 않았다. 한참을 쩔쩔매고 있는데 엉뚱한 곳에서 노인의 주의를 끄는 사건이 터졌다. 조용히 앉아 있던 노파가 구역질을 해대기 시작한 것이다.

"퇴퇴! 아이구, 써라. 나를 이렇게 골탕 먹이려고……."

설탕이며 크림 따위를 첨가하지 않은 커피 원액이 노파에게는 씁쓸한 한약 같았을지 모른다. 그네는 목구멍으로 넘어간 커피 물을 몽땅 게워내기라도 할 듯 탁자 위고 가게 바닥이고 가리지 않고 캑캑거리며 침을 뱉어댔다. 그러면서 툴툴거렸다. 노인에 대한 원망 같기도 신세

한탄 같기도 한 주절거림이 이어졌다. 눈물, 콧물을 짜내기까지 했다. 부끄럼 타는 소녀 같던 조심스런 웃음과 말씨는 더 이상 남아있지 않았다.

노인의 얼굴에서 모든 표정이 사라졌다. 그는 멍한 눈길로 노파를 바라보았다. 갑자기 망치 따위로 얻어맞아 얼이 빠진 사람 같았다. 노파가 하염없이 주절거리는 동안 뭐라 변명을 하려는 듯 입술을 달싹거리기도 했다. 노파에게 다가가 그네의 등을 쓰다듬으려고도 했다. 노파가 매몰차게 그의 손길을 털어냈다. 정도 이상으로 격렬한 거부의 몸짓이었다. 어쩔 줄 모르고 허둥대는 노인을 바라보고 있자니 죄책감이 몰려왔다. 그렇게까지 궁지에 몰아넣을 생각은 아니었는데. 방금 전까지 기세등등하던 노인의 얼굴에 짙은 피로가 내려앉았다.

"모두 다 제 실수예요. 두 분이 드시기에 좋은 걸로 권해 드려야 했는데. 다시 한 잔 만들어 드릴 테니 노여움 푸세요."

나도 모르게 친절한 제안이 터져 나왔다. 노인에게 미안스러운 만큼 노파가 밉살스러웠다. 생식 능력을 상실하고서도 이성에게 도도하게 구는 암컷의 허영이, 동질감으로서가 아니라 감추고 싶은 치부로 공명되었던 까닭이다. 어쨌거나 혹 떼려다 혹 하나를 덧붙인 꼴이 되었다. 그들을 달래야 할 뿐더러 청소를 새로 해야 하는 처지에 이른 거였다. 게다가 커피 무료 시음까지. 괜한 심술이 불러들인 적잖은 손해를 감수하기로 마음먹고 얼룩진 탁자부터 닦기 시작했다.

흥분해 있는 노인들을 다독일 커피 상품으로 나는 카푸치노를 택했다. 계피향이 탁월한 해결사 노릇을 해줄 거란 생각이 퍼뜩 든 때문이다. 구수하고 달콤한 커피에 대한 그들의 기대를 충족시키는 이외에 수정과에 얽힌 추억까지 끌어내게 한다면 나의 실수는 만회될 것 같았다. 소복이 부풀어 오른 하얀 우유 거품 위에다 짙은 갈색의 계피가루를 살살 뿌렸다.

문 여는 소리가 들렸다. 정 약사일 거라고 생각했다. 커피광인 그녀는 매일 아침 일정한 시간에 나타나곤 했다. 초가을의 서늘한 아침바람이 등 뒤에서 나를 껴안았다. 오소소 소름이 돋았다. 노인들에게 내갈 두 잔의 카푸치노를 쟁반 위에 얹으면서 나는 건성으로 그녀에게 아침 인사를 건넸다. 아무런 대답도 들려오지 않았다. 그러고보니 노파의 캑캑거림도 웅얼거림 소리도 들리지 않았다.

고개를 돌려 가게 안을 살폈다. 아무도 보이지 않았다. 정 약사가 들어온 게 아니었다. 노인들이 인사도 없이 떠난 것이다. 뭔가 허전했다. 밤새 씨름했던 수학 문제를 새벽녘에 잠깐 졸고 나서 간단히 풀어버린 사람처럼 얼떨떨했다. 시원스럽기도 했다. 나는 휘유, 한숨을 내쉬었다. 실내는 손님이 들기 전의 여느 아침과 마찬가지로 고즈넉했다. 장중한 첼로의 선율이 거품 위로 내려앉았다.

지난 가을 2

"마담, 그날은 실례가 많았소."

치익 칙, 에스프레소 머신이 증기를 뿜어내는 사이로 쾌활한 목소리가 울렸다. 가슴이 덜컹 내려앉았다. 낯설지 않은 말투였다. 며칠 전의 심란한 아침 풍경이 순식간에 머릿속을 헤집고 들어왔다. 그 노인이었다. 나는 파묻혀있던 의자에서 벌떡 일어났다. 그리고는 인사말을 건네기도 전에 노인의 등 뒤부터 살폈다. 지난번과 똑같은 연자줏빛 생활한복 차림의 노파가 유리문 밖에서 서성거리는 게 보였다.

"저번에 계산 못했던 커피 값이오. 잔돈은 내줄 거 없소. 팁이니깐."

노인은 천원 권 지폐 몇 장을 내밀며 생뚱맞은 제안을 했다. 꾸깃꾸깃 접힌 낡은 지폐와 거드름 피우는 노인의 얼굴은 영 조화롭지 못했다. 거기다 느물거리는 웃음기마저 더하고 보니, 그날 이후 마음 한 쪽에 걸려 있던 미안스러움이 싹 가셨다. 별로 달갑지 않았다.

"굳이 그러실 거 없는데. 그날은 제가 더 죄송했죠. 어르신들이 좋아할 만한 걸로 내드려야 했는데. 이거 그냥 가져가세요. 제대로 드신 것도 없잖아요."

"허어! 이봐요, 마담. 내가 이래 뵈도 왕년에는 여자들 깨나 울리고 다닌 사람이여. 겉이 늙었다고 속도 늙은 줄 아는가? 아무렴 내가 다방 외상값이나 떼먹을 인간으로 보여?"

그날의 불편했던 심정이 되살아났다. 갓 뽑아낸 커피 원액의 순도 높은 향기가 어지럽게 흐트러졌다. 나는 심호흡을 하며 마음을 다잡았다. 또 다시 성가신 일에 말려들고 싶지 않았다.

"그렇다면 받을게요. 일부러 찾아와 주셔서 감사합니다. 조심해서 가세요."

나는 감사와 작별의 인사를 한꺼번에 해치웠다.

"그리 안 봤구만. 외상값 갚으러 온 사람한테 물 한 잔도 대접 않고 나가라니……."

섭섭한 속내를 털어놓으면서도 야유나 비난을 섞지 않은 목소리의 주인은 노파였다. 언제 들어왔는지 그날처럼 출입문 근처의 탁자에 팔을 괴고 앉아 있는 것이었다. 나는 흠칫 놀랐다. 탁자 아래로 시선을 내리깔고 수줍은 듯 고개 숙인 모습 어디에도 항의의 몸짓은 들어있지 않았다. 직관대로 얘기하고 그것을 감정적으로 처리하지 않는, 경지에 이른 사람만이 보여줄 수 있는 평온한 태도였다. 노인이 노파에게 그렇게나 전전긍긍하는 이유를 알 것 같았다. 똑같은 실수를 되풀이하고 있는 건 그들이 아니라 나였다.

"죄송해요. 제 생각이 짧았네요. 잠시만 기다리세요. 맛있는 커피로 대접해 드릴게요."

아침 초장부터 공짜 손님을 대접하는 건 나의 장사 철학에 위배되는 일이므로, 나는 생각 자체를 바꾸기로 마음먹었다. 잃어버린 돈을 찾아준 이에게 사례를 하는 건 당연한 일이라고. 나는 평소보다 더 많은 양의 우유를 강배전으로 돌려 풍성한 우유거품을 만들고 커피 원액을 섞은 다음 설탕 시럽을 듬뿍 부었다. 계피가루도 아낌없이 뿌렸다. 매콤달콤 알싸한 계피향이 코끝을 간질였다. 조각 케이크도 접시에 담아냈다. 노인들이 더는 우리 가게에 나타나지 않기를 바라는 마음으로 눈이 떡 벌어질 만큼 충분한 사례를 하기로 작정했다.

"이래서 단골이 좋은겨."

노인이 목에 잔뜩 힘을 주며 내뱉는 말에 나는 소스라치게 놀랐다. 단골이라니. 분에 넘치는 사례로 미안스런 마음을 갖게 하여 그들의 출입을 막아보려던 의도와는 완전히 다른 결론이었다. 재앙이 따로 없을 듯 싶었다. 그들에게 현실을 직시하게 만들어야 했다.

"지난번 일도 있고 해서 오늘은 제가 특별히 드리는 거예요. 이게 얼마나 비싼 줄이나 아세요? 아마도 우동 서너 그릇 값은 훌쩍 넘을 걸요."

"아이구, 참. 생색은! 예나 지금이나 마담들 행투는 달라진 게 없구만 그려. 알았어. 요담엔 마담한테 내가 커피 한 잔 사지. 허허허!"

호탕함을 과시하려는 듯 노인이 큰소리로 웃어젖혔다. 나 역시 웃지 않을 수 없었다. 어처구니없는 노인의 대거리에 기가 막혔다. 멍하게 풀려있던 노파의 눈에 순간 생기가 도는가 싶었다. 누가 말릴 틈도 없이 마시고 있던 커피를 노인에게 홱 뿌렸다. 그리고는 거칠게 탁자를 밀어냈다. 쌩 찬바람을 일으키며 순식간에 문밖 거리로 달려 나갔다. 일련의 과정을 바라보면서도 나는 손 하나 까딱할 여유를 갖지 못했다. 그야말로 눈 깜짝할 사이에 벌어진 일이었기 때문이다. 입을 떡 벌린 채 눈만 끔벅거리는 노인의 태도를 보아하니 나만큼이나 사태 파악이 안 되는 모양이었다. 그도 그럴 것이 소녀처럼 수줍고 달관한 스승처럼 고요하던 노파가 별안간 그토록이나 격해지리라고 누가 예상했겠는가 말이다. 노인은 놀라고 당황한 표정을 숨기려 애쓰며 옷자락에 흘러내린 커피 물부터 털어냈다. 나는 젖은 행주를 가져와 그의 저고리 깃에 흩뿌려진 흔적들을 지워냈다.

"으하핫, 그놈의 강짜하군!"

뭔가 갑자기 깨달은 사람처럼 노인이 혼잣말을 내뱉으며 실소했다. 그러면서 내게 한쪽 눈을 찡긋거렸다. 화를 낼 수도 그렇다고 웃어 보일 수도 없었다. 나는 서둘러 노인을 내쫓았다. 빨리 할머니를 뒤따라가라고 등을 밀어냈다.

희한한 노인들이 일으킨 말썽을 수습하는 내내 피식피식 웃음이 비어져 나왔다. 서른을 훌쩍 넘긴 나이에 평생 처음 누군가의 연적으로 등장하게 되었음을 자축하는 웃음이었다. 그들은 두 번 다시 나의 커피숍에 발을 들여놓지 않을 것이다. 애인의 곁눈질을 봐줄 수 없는 노파나, 연인의 질투를 감당하기 어려운 노인의 이해관계 속에서 비련의 주인공이 될 기회가 순식간에 사라졌다. 푸훗, 내가 맡은 께름칙한 역할이 그들과의 인연을 끝내는 수단이라면 기꺼이 감수하리라. 나는 연극배우처럼 풍부한 표정을 지으며 거울 앞에서 키들거렸다.

하지만 기대대로 일이 풀리는 경우는 그렇게 많지 않나 보았다. 자칫 삼각관계의 수렁으로 빠질 뻔했던 나의 경험담이 정 약사의 수다거리로 떠오르지 않게 될 즈음, 변함없는 모습으로 그들이 또 나타난 것이다. 허풍스럽고 명랑하기 그지없는 노인과 연자줏빛 생활 한복을 여전히 차려입은 새침한 노파가 세 번째로 나타났을 때, 나는 불가항력의 운명이 있다는 걸 인정하지 않을 수 없었다. 바람이 바위산을 무너뜨릴 수 없듯, 내 바람 또한 그들을 몰아낼 만큼은 아닌가 보았다.

노인은 잔뜩 과장된 목소리로 내가 대접해 준 것보다 더 맛있는 커피는 어디서도 찾을 수 없더라고 떠벌였다. 노파 역시 그 점에 대해서는 이견이 없다는 거였다. 마담에게 약속한 커피를 사려고 다시 왔노라며 그는 후줄근한 양복저고리에서 만 원짜리 지폐 한 장을 꺼내보였다. 접은 상태로 얼마나 오래 두었는지 조금만 힘을 주면 두 쪽으로 금방 나눠

질 것 같았다. 탁자에 팔을 괴고 순한 표정으로 앉아 있던 노파가 노인을 곁에 불러 앉히더니, 처음 왔던 날과 똑같은 말로 속삭였다.

"우리 건 한 잔만 달라 그러세요. 나눠 마셔도 되잖아요."

노파의 발언을 양해해 달라는 듯 노인은 어깨를 으쓱해보였다. 여자들이란 어쩔 수 없지 않느냐는 듯이 찡긋거리며 웃기까지 했다. 덩달아 웃을 수도, 그렇다고 짜증을 낼 수도 없어 나는 말아 올린 입술 사이로 한숨을 터뜨렸다. 그리고는 두 잔의 카푸치노를 준비했다. 피할 수 없다면 즐기라는 고상한 협박은 수험생들에게만 해당되는 말이 아니었다.

"두 분이 마시기 편하도록 한 잔을 이렇게 나눠 담았어요. 그리고 제 커피는 사주시지 않아도 돼요. 전 언제라도 마실 수 있거든요."

나는 쟁반을 그들 앞에 놓아두고 서둘러 판매대 안쪽으로 들어가 앉았다. 할머니의 질투심을 자극하는 상황이 연출되는 걸 원하지 않았다. 늙은 연인들 사이에서 비련의 주인공 따위 절대로 되고 싶지 않았다.

"마담, 그 빵조각도 하나 갖다 줘요. 그날 제대로 맛을 못 봤거든."

나달거리는 지폐를 만지작거리며 노인이 거만스런 표정을 지었다. 나는 접시에다 생크림이 듬뿍 발라진 조각 케이크와 두 개의 포크를 얹었다. 탁자 위에 접시를 놓고 미처 돌아서기도 전에 포크 부딪히는 소리가 시끄럽게 울렸다. 내가 판매대 안쪽으로 들어와 앉을 때는 접시가 이미 말끔히 비워진 상태였다. 노인의 얼굴에 더할 나위없는 만족감이 떠올랐다. 창밖 거리로 멍한 눈길을 주고 있는 노파의 입술에 하얀 크림이 잔뜩 묻어 있었다. 그런 그네의 옆얼굴이 소녀처럼 해맑았다.

그들과의 만남이 처음으로 평온했다. 쇼팽은 불안감을 떨쳐내고 피아노 협주곡 1번 이 단조 알레그로 마에스토소를 연주하기 시작했다. 빠르고 경쾌한 피아노 음률이 오케스트라와 만나 깊이 있고 장중한 분위기를 연출해 냈다. 온갖 감정의 결들을 어루만지면서도 어디 한군데로 치우치지 않는 편안함. 달콤하고 부드러운 음률이 노인들을 감싸고돌았다. 가끔씩 내는 후루룩 소리가 아니라면 그들이 거기에 앉아있다는 걸 잊어버릴 지경이었다.

단골손님 몇이 들어섰다. 쉬는 날이면 항상 길 건너 스크린 골프장에서 내기를 하는 이들이었다. 그들은 내기에 건 돈을 계산하고 서로의 실력 품평에 열중하느라 노인들에게 아무런 관심도 기울이지 않았다. 그들의 목소리가 높아지는 만큼 나의 손길도 부산해졌다. 두 노인이 슬그머니 자리에서 일어났다. 나는 한 잔 값을 제외한 나머지를 거스름돈으로 노인에게 건네주었다. 수선 피우지 않고 얌전하게 있어준 데다 다른 손님들이 나타나자 자진해서 일어선 데 대한 고마움의 표시였다.

"담에 또 오라고 싸게 주는 것이제?"

친절에 고마워하기는커녕 호객행위로 단정하는 노인의 뻔뻔한 얼굴이 밉상이었다. 그렇지만 애써 다정하게 웃어보였다. 별 탈 없이 그들이 나가주기를 간절히 바라면서. 아마도 그때부터였을 것이다. 새로 갓 뽑은 커피의 첫 물을 음미하기 전 그날 하루 아무런 말썽 없기를 바라는 나만의 의식을 시작한 게 말이다.

그날 이후로도 두 노인은 잊힐 만하면 한 번씩 나의 커피숍을 찾아 들었다. 노인의 어이없는 허세와 거드름은 여전했고, 반쯤 눈을 내리깐 노파의 수줍은 미소 또한 달라지지 않았다. 나는 커피 원액과 우유를 매번 똑같은 비율로 조합하고 충분한 양의 시럽과 계피가루를 뿌린 카푸치노를 두 잔씩 준비했다. 조각 케이크도 빠뜨리지 않았다. 손님들이 들어서기 시작하면 그들은 슬그머니 일어섰고, 나는 가게에서 가장 싼 커피 한 잔 값만을 받는 것으로 그들의 이른 퇴장을 전송했다. 노인은 때로 외상을 하기도 했다. 두 번, 세 번 연체되는 경우도 종종 생겨났다. 나는 별로 개의하지 않았다. 별다른 말썽을 일으키지 않는 것에 고마워하게 되었고, 서너 번 밀린 것을 한 잔 값으로 어물쩍 해결하려는 노인이 귀여워 보이는 경지에까지 이르렀다. 그들의 방문 간격이 길어지면 은근히 기다려지기조차 했다. 정 약사가 놀리곤 했다. 노인들 연애로 대리만족을 하는 불쌍한 청춘이라며.

봄 2

커피숍 안이 휑하다. 이 시간엔 늘 그렇다는 걸 알고 있다. 그런데도 뭔가 잃어버린 사람처럼 허전하다. 어디선가 구급차의 비상등이 울어댄다. 그 소리마저 쓸쓸하다. 노인들을 본 지도 꽤 오래되었다. 매서운 겨울바람이 불어댔고 폭설로 자주 길이 끊겼으며, 삼월 말까지도 꽃샘추위가 계속되었으므로 그러려니 했던 차다. 문득 그들이 궁금하다.

아마도 지난 십이월 중순쯤이었을 게다. 방향을 종잡을 수 없는 어지러운 바람이 불어댔고 진눈깨비가 구질구질 흩날리던 날이었다. 노인의 낡은 바바리코트 깃에도, 둘둘 휘감은 노파의 털목도리에도 희끗희끗 눈발이 묻어 있었다. 그들은 마디 굵은 손가락으로 서로의 옷자락에 내려앉은 눈송이를 털어냈다. 그리고는 자리에 앉아 한 손으론 뜨거운 커피를, 다른 손으론 상대의 손을 꼭 쥐고서 오래도록 말이 없었다. 평소의 그들답지 않게 고요하고 또 애틋하였다. 그동안의 탐색 과정을 끝내고 비로소 연애에 돌입한 늙은 연인들의 모습이 아름다웠다. 행여 그런 분위기를 깰세라 똑같은 음악이 반복되고 있는 데도 나는 시디를 갈아 끼울 수 없었다. 단골들이 불쑥 문을 열고 들어올까 봐 조마조마하기까지 했다. 그날 이후 그들을 보지 못했다.

바짝 다가든 경광등 소리에 귀가 먹먹해진다. 가까운 데서 무슨 사고라도 난 모양이다. 뉴스시간에 보아온 모든 사건 사고를 떠올리며 유리문 밖으로 눈을 돌린다. 하지만 병원 구급차도, 119 긴급 구조차량도 아니다. 경찰차다. 조금 전에 검정색 트랜치 코트의 여자가 지나간 제과점 앞에서 멈춘다. 차 지붕에 올라앉은 비상벨이 내 목소리로는 가 닿지 못했던 진공 막을 마구 찢어발긴다. 그 과감성에 지나가던 사람들이 모두 발길을 멈추고 경찰차를 에워싼다. 제복을 입은 경찰관이 제과점 안으로 들어간다. 거기서 누군가의 팔짱을 끼고 나온다. 에워 싼 사람들 사이로 낯익은 빛깔이 어른거린다. 연자줏빛이다. 지금껏 그 노인들을 생각하고 있었기 때문에 생겨난 착시현상일지 모른다. 그런데도 강렬한 호기심이 인다. 건너 길이 보다 잘 보이는 지점으로 튀어 나간다. 경찰차가 움직이기 시작하자 사람들의 포위망이 느슨해진다.

막 출발하는 경찰차의 옆구리를 두드리는 사람이 있다. 그 여자다. 조금 전에 노란 개나리 꽃길 사이로 멀어지던, 검정색 트랜치 코트를 입은 여자. 차가 멈칫거리자 여자가 뒷문을 열고 훌쩍 올라탄다. 그러는 동안

왼쪽 차창 안쪽에선 저고리 소맷자락이 손짓을 한다. 누군가를 간절히 부르는 것 같다. 틀림없는 연자줏빛이다. 화사하지 않으나 음울한 건 아니고, 강렬하지 않지만 고집스러우며, 쭈뼛거리면서도 뒤로 숨지 않는 빛깔 말이다. 나는 아무 생각 없이 차도로 달려 나간다. 움직이는 경찰차를 뒤쫓는다.

눈을 반쯤 내리깐 노파의 어색한 웃음과 금방이라도 눈물을 떨어뜨릴 것 같던 사진 속 여인이 한 얼굴로 겹친다. 허풍쟁이 노인의 코트 깃에서 눈송이를 털어내던 손과 화려한 꽃다발을 안은 마디 굵은 손가락이 뒤섞인다. 달려오던 차들이 경적을 울린다. 문을 열고 욕지거리를 내뱉기도 한다. 경찰차가 아득히 멀어진다.

"그 할머니 맞지? 제과점을 은애씨 커피숍으로 착각했던가 봐. 영감님이랑 다방에서 만나기로 했는데 어째 이상하다며 자꾸 고개를 갸우뚱거리더래. 어제도 두 번이나 거길 들렀다던데……. 어쨌든 너무 충격적이지 않아? 황혼의 로맨스가 아니라 평생 웬수와의 이별 연습이었다니. 에유, 나도 시집이나 갈까부다."

커피숍에는 나보다 먼저 정 약사가 와 앉아있다. 호기심 많은 그녀는 어느 사이 이런저런 정황들을 탐색하고 온 모양이다. 나는 그녀와 내가 마실 두 잔의 카푸치노를 준비한다. 강배전으로 하얀 우유거품을 만들고 거기에 짙은 에스프레소를 섞은 다음 설탕시럽을 넣는다. 그리고는 부풀어 오른 흰 거품 위에다 다갈색의 계피가루를 뿌린다. 나무 계단을 오르내리는 발 빠른 피아노 뒤로 다정한 바이올린이, 차분하고 진중한 첼로가 느긋하게 따라간다. 매콤한 계피향이 코끝을 톡 쏜다.

눈물이 있는, 가학적 풍경

눈물이 있는, 가학적 풍경

새로운 하루를 불러내는 주문은 식상하기 짝 없는 한 마디다. 부드럽고 환한 햇살이 눈자위를 애무하고 목청 고운 새들이 경쾌한 노래로 잠을 깨우던, 호랑이가 담배 피던 시절엔 아무도 상상하지 못했을 비속어 세 음절. 하지만 그 점잖지 못한 주문을 내가 발명한 건 아니다. 고요와 평온의 새벽을 마구 뒤흔들며 귓전을 어지럽히는 알람 소리라면 누구라도 그런 반응을 하게 되어 있다. 나는 어스름 속에서 마구 울어대는 전화기의 버튼을 신경질적으로 누르며 늘 그래왔던 대로 한 마디의 주문을 내뱉었다. 에이, 씨! 그리곤 벌떡 일어나 화장실로 향했다. 복도 끝에 하나 있는 화장실은 이미 누군가가 점령한 상태다. 샤워기에서 물 떨어지는 소리가 나는 걸로 보아 적잖은 대기 시간이 필요할 것 같다.

그러고 보니 평소보다 이십 분이나 빨리 깨났다. 알람 설정을 변경해 둔 기억이 없는데……. 방으로 돌아와 침대에 얼굴을 파묻자마자 또 다시 울어대는 전화기, 알람 소리가 아니었나 보다. 이른 새벽부터 방정을 떠는 교양 없는 발신자가 누구든 일단 무시하기로 했다. 수신 보류 버튼을 누르고 진동으로 전환시킨 다음 이불을 뒤집어썼다. 노곤한 잠기운이 아슴거리는 무의식의 늪으로 날 잡아끌었다. 깜빡 잠드는 바람에 지각하면 어쩌지 싶은 걱정이, 전쟁 같은 월말을 가까스로 타 넘은 다음날인데 조금 늦은들 어떠랴 싶은 배짱에게, 슬금슬금 밀려났다. 바닥을 알 수 없는 저 깊고 따스한 곳으로 온 몸이 내려앉기 시작했다.

부르르, 만만치 않은 떨림이 침대를 마구잡이로 흔들어댔다. 베개에 얼굴을 더 깊숙이 파묻고는 무작정 버텼다. 하지만 좀체 진동이 가라앉질 않았다. 에이, 씨! 도대체 누구야? 전화기를 던지려다 말고 발신자를 확인했다. 그다. 아니, 민구다. 그의 전화기로 민구가 전화질을 해대고 있는 거다. 그러고 보니 어젯밤, 늦더라도 꼭 들르겠노라 약속했던 걸 까맣게 잊었다. 그럼에도 짜증이 확 솟구친다. 월말 실적 맞추느라 죽을 둥 살 둥 얼마나 신경을 곤두세웠는지 모른다. 그가 병원에 입원한 일쯤 뭐 그리 대수라고, 쌓인 피로와 긴장감을 풀어낼 소중한 잠시간을 방해하느냐 말이다. 게다가 그들에 대한 어떤 의무도 내겐 없다. 내 기분 따위 살필 생각이 없는지 녀석은 끈질기기 이를 데 없다.

말초 기관들은 때로 제멋대로 군다. 배터리를 분리해 버릴까 망설이는 동안 손가락이 눈치 없이 나서서 통화 버튼을 눌러 버렸다. 자극에

대한 타성적인 반응이 내 이성을 깔아뭉개는 순간 녀석의 느려터진 목
소리가 수화기 너머에서 흘러나왔다. 불끈 화가 치민다. 녀석이 여보세
요를 마저 다 발음하기도 전에 속사포처럼 쏘아붙였다.

"새벽부터 왜? 어젠 일이 너무 늦게 끝나서 못 갔어. 얘기했잖아, 월말
이라 정신없다고! 조금 있다 출근길에 들를 테니 보채지 좀 마."

"그, 그게 아, 아닌데……. 누나가 와, 와야 된대서."

"누가? 니네 아빠가?"

"아니, 아니고……. 선생님이, 여기 서, 선생님이."

참으로 얄밉다. 민구의 더듬거리는 말소리도, 녀석에게 전화를 시킨
선생님이란 작자도, 그리고 무엇보다 이런 상황을 만든 그가. 병원 측에
나에 관한 정보를 제공한 사람은 분명 그일 것이다. 민구가 보호자 노릇
을 할 수 없다는 걸 눈치 챈 병원 관계자들에게 나의 존재는 희소식이었
을 게 틀림없다. 뻔뻔한 영감탱이 같으니.

"아부지가 주, 죽었다고……."

나도 모르게 침대에서 튕겨져 나왔다. 무슨 말도 안 돼는 소리람. 아무
리 바보라도 함부로 해선 안 되는 말이 있는 법이다. 상식을 앞세워 나무
랄 대상이 있음에 묘한 쾌감을 느끼며 나는 녀석에게 짜증을 부렸다.

"잠꼬대하니? 어제 아침에 입원했다며?"

"그, 그, 그러니까 죽었어. 아, 아부지가."

"헛소리 하지 마, 이 바보 녀석아."

낯선 여자의 목소리가 내 말꼬리를 자르며 불쑥 끼어들었다.

"신광호 씨는 오늘 새벽 5시 47분에 운명하셨습니다. 상태가 급속도

로 악화되어 자정 무렵부터 아드님께 연락을 취했습니다만, 도무지 연결되지 않는 바람에 안타깝게도 홀로……. 아무튼 따님이 계시다니 다행입니다."

여자는 제 아비의 임종을 지키지 못한 민구를 탓하는 한 편으로, 나의 존재가 확인된 데 대한 안도감을 거리낌 없이 드러냈다. 더불어 나의 존재가 불러 올 만약의 경우에 대비하기 위함인지 치료 과정과 사망 경위 등에 대해 시시콜콜 정황 설명을 하고 병원 측의 실수나 부주의, 무성의한 대응 따위가 없었다는 점을 명확히 하려 애썼다. 중환자실 담당 간호사라며 자신의 신분을 밝히는 것도 잊지 않았다. 그러니까 나의 존재를 병원 당국에 알리고, 나를 그의 장례 책임자로 지목한 사람은 누구도 아닌 바보 민구라는 얘기였다. 생전의 그에게서 사주를 받았던 것일까, 아님 스스로의 판단에 의한 것일까 하는 의구심이 피어올랐다.

"일단은 영안실로 옮기겠습니다. 병원비 결제하시고 확인증 받아서 장례절차를 밟으시면 될 겁니다."

"내가요? 왜요?"

자극에 대한 반응은 역시 자율신경의 몫이다. 간호사의 일방적인 설명과 안내에 멍해져 있었음에도, 민구의 영악함에 대해 갈피를 잡지 못했음에도, 정곡을 찌르는 질문이 반사적으로 튀어나왔다. 내겐 아무런 의무가 없음을 확증함과 동시에 더 이상 날 아는 체 하지 말아달라는 요청답게 간결한 의문형으로. 하지만 여자가 한 발 더 빨랐다. 비명만큼이나 짧은 물음이 채 끝나기도 전에 전화를 끊어버린 것이다. 빌어먹을! 틀림없이 콧날이 뾰족하고 목에 힘줄이 잔뜩 선, 비쩍 마른 팔다리를 가진 신경질적인 여자일 게다. 어쨌거나 그녀는 수신자를 잘못 찾았다.

내가 왜?

유난히 출근길이 막힌다. 노견을 4차선 삼아 달리던 얌체 차량들이 시도 때도 없이 옆구리를 파고들었다. 경차라고 무시하는가 싶어 빵빵 클랙슨을 눌렀다. 못된 운전 습관을 용인해 주면 안 된다는 정의감에 불타 유모차 한 대도 끼어들 수 없도록 앞 차 꽁무니에 바짝 달라붙었다.

니 애비다. 한 번 만나줄 수 있겠니? 그때도 그랬어야 했다. 그가 불쑥 전활 걸어왔던 그때, 함부로 내 인생에 끼어들지 못하도록 막았어야 했다. 누ー구ー시라ー구요? 이제 막 말을 배우기 시작한 세 살배기 아이처럼 어눌하게 되묻지도 말았어야 했다. 잔뜩 쉰 채 안으로 감겨드는 남자의 웅얼거림이 똑같은 어조로 반복되는 아주 짧은 순간, 내 아버지를 자처했던 이들의 얼굴이 두서없이 떠올랐다. 어떤 아버지는 까슬거리는 턱수염으로 볼을 찔러댔고, 다른 아버지는 시큼한 술 냄새를 풍기며 회초리를 휘둘렀고, 또 다른 아버지는 툭하면 책상을 뒤엎었다. 나와 한 지붕 아래 산 마지막 아버지는 여물지 않은 내 젖가슴을 아무 때고 주무르는 걸 취미생활로 삼았다. 엄마는 손버릇이 점잖지 못한 의붓아버지 대신 나를 내쫓았다. 중학교 입학식을 며칠 앞 둔, 꽃샘바람 매서운 이른 봄날이었다.

못된 년, 죽일 년, 화냥 년……. 책가방 하나 달랑 매고 문간에 서있는 날 보자마자 외할머니는 다짜고짜 욕설을 퍼부었다. 그게 엄마에 대한 것임을 알면서도 걷잡을 수 없이 눈물이 쏟아졌다. 그래도 지 에미라고. 쯧쯧. 할머니가 혀를 찼다. 이게 어디 니 에미 죄겠냐? 다 그놈 탓이지.

어느새 욕설의 대상이 얼굴 한 번 본 적 없는 내 친부에게로 바뀌는 걸 감지하며 난 더 서럽게 울어 젖혔다. 내 등을 다독여주는 할머니의 손바닥이 몹시도 뜨거웠다. 소시지에 달걀옷을 입혀 할머니가 부쳐주는 전을 두 접시나 비우고서야 잠이 들었다. 그리고 다음 날 아침, 계속된 변비로 여러 날 속이 더부룩했던 나는 참으로 오랜 만에 시원스럽게 똥을 쌌다. 변기가 꽉 찰 만큼 어마어마한 양이었다. 행여 할머니에게 들킬세라 급히 물을 내렸다. 온몸이 그지없이 가벼웠다. 두 팔을 휘젓기만 하면 금방이라도 날아오를 것 같았다. 내 삶에서 처음으로 느껴보았던 비상飛上에의 예감, 추락이 예정되어 있음을 알지 못했기에 더욱 벅차고 황홀했던…….

핸드폰이 쉬지 않고 울어댔다. 참으로 유별난 아침이다. 1분 간격이 될까 싶게 또롱거리는 메시지 수신음, 그리고 일방적으로 통화를 요청하는 무례한 벨 소리. 운전 중엔 그 모든 소음에 무신경하기로 작정했음에도 소리가 나는 쪽으로 자꾸만 고개가 돌아갔다. 무음으로 설정해 놓을 걸, 깜빡했다.

쿠웅! 끼이익! 별안간 앞을 가로막는 흰 벽에 머리를 처박으며, 내 차가 소름 끼치는 비명을 내질렀다. 질끈 두 눈을 감았다. 후회의 색깔이 하얬던가 살필 여유는 없었다. 잇따라 뒤쪽에서도 쿵, 충격이 왔기 때문이다. 아무 것도 보이지 않고 아무 것도 들리지 않았다. 고요 그리고 적막. 나를 둘러싼 온 우주가 숨을 멈추었다. 그렇게 한 세기쯤 흘러간 듯했다. 괜찮아요? 누군가가 차창을 두드렸다. 몽롱한 눈에 들어온 풍경을 이해하기까지 한참의 시간이 필요했다. 30도쯤 오른쪽으로 고개를 디민 채 내 차를 가로막고 선 은회색의 9인승 승합차, 앞 뒤 범퍼가 반나마 내려앉아 너덜거리는 출고 십 사년 째의 내 노란 마티즈, 그리고 그 뒤 꽁무니에 입을 맞춘 채 다소곳이 엎드린 까만색 중형 세단. 미팅 그룹으로선 전혀 조화롭지 않은 세 대의 차가 서로 엉겨 도로를 혼란에 빠트려 놓은 상태였다. 여기저기서 울려대는 경적 소리, 차선을 변경하려는 승용차들의 목숨 건 눈치작전, 출근길의 빛고을로는 수많은 차들이 뒤엉킨 거대한 주차장 같았다. 일단 한 쪽으로 빼는 게 어때요? 살짝 패었거나 긁힌 자국이 전부인 두 대의 차량 운전자들이 각자의 핸드폰으로 현장 상황을 여러 각도에서 찍어댄 다음 내게 물었다. 할 수 있겠어요? 아, 예! 괜찮아요. 어리숙해 보이는 두 운전자에게 정확한 현장 보존이 원칙이란 말은 하지 않았다. 내겐 더 유리할 수도 있겠다 싶었으므로.

단종된 지 오래인 내 고물차의 상태에 비해 몸은 아무렇지도 않았다. 다친 데나 아픈 데가 하나도 없는 듯했다. 사고 책임을 최대한으로 회피하는 게 무엇보다 중요했다. 교통경찰과 각 차량의 보험사 직원이 나타나 이런저런 질문을 하고 사고 처리를 하는 동안 난 아주 일관되게 진술했다. 앞차가 끼어드는 걸 보고 급히 브레이크를 밟았어요. 그 순간 미처 속도를 줄이지 못한 뒤차에게 받친 거 같아요. 그러니깐 뒤차에게 밀려서 앞차를 들이받게 된 거란 말이죠. 그리곤 아주 확신에 찬 표정을 지으며 승합차 운전자에게 동의를 구했다. 차체가 들이받히는 느낌이 쿵, 한 번이었을 거예요. 그렇죠? 제가 먼저 선생님 차를 들이받은 다음 2차 추돌로 이어졌으면 쿵—쿠웅, 하는 식으로 두 번의 충격이 갔을 텐데요. 어때요, 한 번이 맞죠? 좁은 틈으로 끼어들려다 사고를 유발한 승합차 운전자는, 순식간이라 잘은 모르겠지만 그랬던 거 같다며 어정쩡하게 수궁했다. 내겐 아무런 책임이 없음을 확정하는 순간이었다. 뒤차 운전자가 의구심을 떨치지 못한 표정으로 고개를 갸웃거렸다. 전화위복의 기술, 진실은 때로 이렇게 발명되는 것이다.

그 사이 몇 대의 견인차가 줄을 섰다. 하지만 정작 일을 얻어낸 건 한 대 뿐이다. 너덜거리는 범퍼를 도로에 떨어뜨려 또 다른 사고를 일으킬지 모르는 데다 지정 정비소를 딱히 갖고 있지 않은 내 낡은 마티즈에만 걸쇠가 걸렸다. 견인차 운전자가 친절하게 충고했다. 차를 맡기고 나면 일단 병원에 입원부터 하세요. 당장 아무 증상이 없더래도 어디가 골병 들지 모르니깐요. 그의 충고는 프로가수에게 오디션을 보라는 권유만큼이나 우스웠다. 생명보험 모집인으로 십 년 넘는 경력을 갖춘 나다. 그래야지요. 다소곳이 대답해주며 전화기를 열었다. 새로운 한 달의 목표치를 제시하며 어떤 영업 마인드로 무장해야 하는지 떠들어 댈 팀장에게 누구보다 먼저 사고 소식을 알려야 했다. 병원에 가면 입원 기간을 최대한으로 잡아 달라 하세요. 턱없이 친절한 팀장에게 고맙다는 인사를 하고 전화를 끊는 동안 삑삑거리는 수신음이 계속되었다. 그였다. 아니, 민구였다.

누나 어디? 빠리 와. 외 저놔 안바다? 그리고 열 번도 넘게 찍힌 심시매……. 맞춤법이 엉망인 메시지는 물론이고, 여러 번의 부재중 전화까지 그동안의 발신자 대부분이 민구였다. 생각보다 끈질긴 녀석이다. 그의 그림자처럼 뒤따라 다니며 시키는 말만 앵무새처럼 따라 할 때는 미처 몰랐다. 하긴 병원에서 내게 연락할 생각을 해낸 녀석이다. 풋! 그럼에도 코웃음이 났다. 제 아비의 시신 곁에서 심심하다는 문자 따위 보내고 있는 꼬락서니라니.

처음엔 녀석이 바보란 걸 털끝만큼도 눈치 채지 못했다. 인사해라, 누나다. 그가 민구를 데리고 불쑥 나타났을 때, 그날의 고객 상담 건수와 판매 실적을 보고하려고 사무실에 들렀던 영업사원들의 시선이 일제히 민구에게로 쏠렸다. 훤칠한 키에 보기 좋게 벌어진 어깨, 과묵해 보이는 두터운 입술, 깊고 검은 눈동자, 탐스러운 근육질의 젊은 사내에 대한 호기심을 아무도 감추려들지 않았다. 나 또한 그를 향한 적개심만큼이나 녀석에 대한 궁금증이 커지는 걸 막을 수 없었다. 이제 와 날 찾은 이유가 뭐죠? 하는 등의 날선 물음을 선뜻 던지지 못한 것도 어쩌면 민구 때문이었을 게다. 가까이에 서있던 이들이 다가와 내 등을 또닥이며 눈을 찡긋거렸다. 어려서 헤어졌다던 아버지가 듬직한 남동생까지 데리고 나타났으니 행복하겠구나, 철없는 엄마 대신 외할머니를 부양해 온 소녀 가장으로서의 그동안 고생이 보상을 받겠구나, 하는 무언의 덕담들을 담고서.

당시엔 약간의 판단 불능상태였는지 모른다. 소녀 시절, 난 외할머니의 전승담을 나만의 판타지로 변경시키는데 탁월한 능력을 발휘하곤 했다. 느이 모녈 내가 뺴돌렸지. 퉁방울만한 눈 까뒤집고서 두 이레도 지나지 않은 널 두고 어떤 놈 자식이냐고 에밀 닥딸해 쌓는데 더는 못 참겠더라. 내 평생에 그렇게 아슬아슬한 숨바꼭질은 첨이었어. 집에 불 지르겠다며 석유통 들고 설칠 때는 참말로 죽는 줄 알았제. 분노에 찬 아버지의 실루엣은 제물로 바쳐진 공주를 위해 불 뿜는 용과 싸우는 용감

한 왕자의 모습으로 변모했다. 그럴 때마다 나는 승리의 흰 깃발을 펄럭이며 저 먼 수평선에서 나타날 한 척의 배를 기다리느라, 극락강을 뒤덮은 금빛 햇살에 수없이 눈을 찡그리곤 했다. 엄마에게 상습적으로 폭력을 행사했다는 의처증 환자는, 진짜 아버지를 마법의 성에 가두고 아버지의 왕국을 강탈하려는 못된 용이었을 거란 상상도 나를 흥분시키곤 했다. 귀공자 아버지는 끝내 승리하여 엄청난 금은보화를 싣고 나를 찾아올 게 틀림없었다. 나이가 들 만큼 든 이후에도 난 그 환상을 버리지 않아왔다. 할머니가 온갖 병들을 붙들어 안고서 내가 당신께 진 빚을 수십 배의 이자로 받아내는 동안엔 더욱 더 간절히. 그리고 마침내 내 아비임을 자처하는 그가 나타났다. 누, 누나! 아, 안녕하세요? 수많은 눈동자들의 탐색에도 별 거리낌 없는 순진무구한 표정의 청년이 꾸벅 고개를 숙였다. 호오, 내지르던 아줌마 사원들의 탄성. 내 판타지가 끝장나는 순간에 바쳐진 탄식이었음을 그땐 알지 못했다.

도저히 갈 수가 없어. 교통사고가 나서 많이 다쳤거든. 그와 민구에게서 도망칠 수 있는 최고의 핑계거리까지 만들어준 3중 추돌사고가 더할 나위 없이 고마웠다. 머릿속에선 엄청난 속도로 계산기가 작동하기 시작했다. 중형 세단의 자동차 보험사가 지불해줄 치료비와 위로금 이외에도 내가 지급받을 수 있는 생명보험 관련 보험금이 적지 않을 것이다. 월말 실적 맞추려 신용카드 대출금으로 가입했다 해지한 계약이 적지 않지만 그래도 아직까지 살아남은 게 분명 두세 건은 될 테니까. 2주 이상 입원에 장기간 통원치료 등의 진단을 받아낼 수 있다면, 이자 감당도 버거운 빚의 일부나마 원금을 상환하게 될지 모른다.

"누나! 여, 여기야."

장례식장 로비가 떠나가도록 소릴 지르며 민구가 손을 흔들었다. 길거리에서 우연히 십년지기를 만난들 그렇게 반가울까? 무슨 일로 거기에 있는지 전혀 모르는 사람처럼 들뜬 표정이다. 안에서 사람들이 우줄우줄 고갤 내밀었다. 몇몇은 소리 좀 그만 지르라고 민구를 나무랐다. 민구는 아랑곳하지 않고 더 큰 소리로 나를 불러댔다. 창피했다. 뒤돌아서서 뛰어나가고 싶을 만큼. 괜한 궁금증 따위 그냥 덮어둘 걸 그랬다. 병원비는 어떻게 해결했으며, 장례 절차를 밟도록 누가 뒷배를 봐주는 건지 그냥 모른 척 내버려 둘 걸…….

"민구 군 누나 되십니까?"

나이 지긋해 뵈는 검은 정장 차림의 사내가 대뜸 물어왔다. 퀭한 눈매에 툭 불거진 광대뼈가 음울하면서도 까다로운 인상을 풍겼다. 이리저리 나를 훑는 눈길 또한 불온문서 소지자를 발견한 수사관 같았다. 주변을 오가는 사람들 역시 드러내놓고 의심쩍은 표정을 지으며 나를 흘끔거렸다. 사내가 한 번 더 물었다. 민구 누나임에 틀림없냐고. 무례한 질문에 대한 가장 효과적인 대답은 군더더기 없는 냉소다.

"아마도요. 흔히 배다른 형제라고들 하죠."

"아, 네! 민구 군 말을 믿어야 될지 어쩔지 알 수가 없어서. 그러니까 우리가 알고 싶은 게 뭐냐면, 아가씨가 신광호 마르코 형제님의 법률적인 상속권자냐 하는, 바로 그 점입니다마는."

쓸데없이 수식이 많아진다는 건 당황했다는 증거다. 저 여자가 민구친 누나래. 뭔 소리여? 생전 딸 있단 소리 못 들어 봤구만. 뭔 냄새를 맡았는갑제, 느닷없이 나타난 걸 보믄. 쑤군대는 소리가 내 귀에 들릴 만큼 커지자, 사내가 목청을 가다듬으며 낯빛을 누그러뜨렸다.

"아, 참. 소개가 늦었군요. 우리는 성화동 천주교 연도회 회원들입니다. 교우들의 장례에 관한 제반 절차를 도와드리고, 또 고인을 위해 기도하지요. 마르코 형제님의 갑작스런 타계로 많이 맘 아프셨지요? 심장이 안 좋단 얘긴 들었지만 이렇듯 서둘러 가실 줄은……. 유족이라곤 민구 하나뿐인 줄 알았는데 누나가 있다니 어쩌니 하는 바람에 설왕설래 하던 참이었죠. 막상 아가씨가 나타나니 놀라서 그만, 결례를 범했습니다."

사내는 정중한 사과 끝에 연도회 회장이라는 자기소개도 덧붙였다. 그가 천주교 신자였다니……. 내가 알고 있는 그의 행적과는 도무지 어울리지 않았다. 그게 사실이라면 그가 믿는 신은, 경배를 받는 대가로 신도의 악행을 눈감아 주는 자아도취자임에 분명했다. 민구가 함박웃음을 지으며 사람들 사이를 헤집고 뛰어왔다. 내 말 마, 맞았잖어. 녀석은 내기에 이긴 사람처럼 으쓱대며 주변을 돌아보았다. 모두들 떨떠름한 표정으로 민구와 나를 번갈아 훑었다. 선인장 화분에 얼굴을 부딪친 것도 아닌데 양 볼따구니가 따끔거렸다. 민구가 대뜸 내 손을 잡아당겼다. 곰 인형처럼 두툼하고 폭신한 손바닥의 감촉이 썩 싫지는 않았다. 우리누, 누나. 주변사람들을 돌아보며, 귓불까지 빨개지면서 녀석이 헤헤거렸다. 받아쓰기 100점짜리 시험지를 내놓고 자랑스러워하는 초등학교 1학년 아이 같았다.

"빠, 빨리 와. 아부지가 화, 화나."

민구의 말투는 실실거리는 표정과는 딴판으로 진지했다.

"네 아빠가 아니라 저 사람들이 더 화난 거 같은데?"

녀석의 손에 이끌려 분향소 문턱에 당도하도록 등 뒤에서 쑥덕이는 소리가 멈추지 않았다. 동글납작한 얼굴에 뭉툭한 콧망울을 보니 그 냥반하고 닮긴 닮았네 그랴. 눈두덩이 부숭부숭한 게 욕심 깨나 있겠는디. 민구한테 복이 될라는지, 업이 될라는지 원. 그를 받아준 신, 그리고 그 신을 믿는 사람들, 한통속으로 달겨드는 그들의 적의를 받아내느라 등줄기가 빳빳해졌다. 아무 표정도 드러내선 안 된다는 압박감이 날 조여왔다. 목뼈를 더욱 꼿꼿이 세웠다. 그러는 사이 전투 의지 같은 게 솟아올랐다. 입술을 앙다물며 나직이 뇌까렸다. 당신들이 내게 기대하는 게 뭐든 그 이상을 보여주고 말리라…….

영정 사진 속의 그는 눈을 홉뜨고서 앞을 노려보고 있다. 희고 노란 국화꽃 사이에 고개를 내밀고 있는 게 영 마뜩찮다는 표정이다. 민구가 아주 딴 말을 지껄인 건 아니지 싶다. 따가운 시선들을 비켜나려 마지못해 두 번의 절을 마치고 나자, 사내가 장례식장 사무실에서 날 불렀다. '당신의 슬픔과 함께 합니다.' 상투적인 문구가 사무실 정면 벽에서 나를 맞았다. 잔뜩 찍어 바른 먹물로 표정관리를 하느라 자못 새침한 궁서체 글씨가 영 어설펐다. 말갛게 닦아놓은 유리 액자 뒤엔 분명 '지불 비용에 따른 슬픔의 나눔 정도 비교표' 같은 게 숨어있을 게다. 사내는 컴퓨터 앞에 앉아있던 사무실 직원에게 커피를 부탁하는 한 편으로, 옆구리에 끼고 있던 마분지 봉투 속에서 크고 작은 종이쪽지들을 꺼냈다.

"알다시피 민구 군이 정상이 아니다보니 고인을 여기까지 모시는 동안 우리가 알아서 처리한 내용들이 몇 가지 있습니다. 혹 오해의 소지가 생길지 몰라 그러는데 확인해 보시죠. 병원비 영수증, 사망 확인서, 그리고 이건 천주교 납골당 안치 허가서……. 현재로선 민구가 우리 성당에 빚을 진 셈이지만 엄밀하게 따지면 아가씨에게도 공동 책임이 있는 셈이니."

꺼내놓은 서류들에 대한 사내의 세세한 설명이 이어졌다. 아무 것도 귀에 들어오지 않았다. 민구와의 공동책임 운운이야말로 터무니없고도 무책임한 얘기다. 엄마 말을 듣지 않은 걸 평생 처음으로 후회했다. 행여 아는 척 말어. 절대로 가지도 말고. 죽을 날 앞두고 바보 아들 맡길려고 널 찾았던 게야. 죽고 난 뒤치다꺼리도 시킬 겸. 지옥문 앞에서 비럭질이나 할 인간! 내 전활 받자마자 동거 중인 마산 영감의 흉을 늘어놓기 바빠 안부인사에 대꾸도 없던 엄마가, 조심스레 끼어든 그의 부고에 부르르 역정을 냈다. 지나치게 즉각적인 반응에는 여직 사그라지지 않은 분노가 묻어났다. 엄마의 그런 솔직함이 왜인지 지겨웠다. 그렇다고 병실에서 도둑고양이처럼 빠져나와 장례식장엘 찾아오는 식의 심통을 부릴 필요까진 없었는데. 긁어 부스럼이라는 말은 이럴 때 써야 할 게다. 나는 새벽에 병원 간호사에게 했던 것과 똑같은 질문으로 발을 빼내려 했다.

"내가 왜요?"

"상주 아닙니까? 당연히 상복을 입어야죠."

그 사이 사무실 직원에게 내 몫의 상복을 준비시키던 사내가 한심하다는 표정을 지었다. 내가 왜 그의 장례를 책임져야 하는지에 대한 항변을, 내가 왜 상복을 입어야 하는지에 대한 어리석은 질문으로 파악한 것이다. 대처 방안을 얼른 찾지 못해 우물거리는 사이, 사내가 봉투 속에서 뭔가를 또 꺼내 보여주었다. 은행 통장이었다.

"명의자가 고인이 된 관계로 상속 절차를 밟지 않으면 아무도 여기 있는 돈을 찾아 쓸 수 없답니다. 좀 전에 설명 드린 대로 우리 성당의 사회복지 운영비를 우선 끌어다 썼으니, 장례 후에 이 걸 찾아 정리해 주셨으면 합니다. 민구에게는 알아듣도록 설명을 했고 또 동의도 받았습니다만."

그리고는 종이쪽지 한 장을 더 내밀었다. '변제 및 상속재산 양도에 관한 각서'라는 다소 긴 제목의 문서였다. 그의 합법적인 상속인으로서 통장 잔고를 출금할 수 있게 되면, 그의 사망과 관련하여 성당 쪽이 지출한 모든 경비를 정산한 다음, 나머지는 동생 신민구에게 전적으로 양도하겠다는 다소 황당한 내용이었다. 상식으로는 납득할 수 없는 우스운 요청임에 분명했다. 무슨 숨바꼭질도 아니고, 자비와 계산의 함수표 어디쯤 자리 잡고 있는 그들의 신을 나더러 알아서 찾아보라니…….

"오해는 말아요. 형제님이 살아생전 저희 신부님께 민구의 후견인이 되어 달라 부탁하며 이걸 맡겨놓았답니다. 누나가 갑자기 나타나니 여러 가지 걱정도 되고, 따로 유서가 없다보니 어떡해야 할지 고민도 되고. 해서 여러 사람이 상의한 끝에 민구의 장래를 위해 최선을 찾는다고 해봤습니다만."

통장 내부, 마지막 줄에 적혀있을 잔고에 대한 궁금증이 나의 불쾌감을 완화시켜 주었다. 또한 장례식장에 들어설 때부터의 모든 정황을 정리할 수 있는 여유도 만들어 주었다. 그들의 적의와 쑤군거림이 어디서 비롯됐는지를 알 것 같았다. 아무러한 권리도 없으면서 각서 따위를 요구하는 사내가 어이없긴 했지만, 그렇기에 통장 이외에 다른 재산이 혹 있을지 모른다는 추측도 문득 생겨났다. 하루 종일 교통사고 관련 보험금 계산에만 매달렸던 내 협소함이 반성되었다. 사내가 내게 펜을 넘겨주었다. 거기에다 사인하는 이외의 어떤 선택지도 내겐 없다는 걸 각인시키려는 듯이 단호한 낯빛으로. 남의 일에 유독 오지랖 넓은 이들은 자신의 영향력이 얼마나 큰지에 자부심의 척도를 두므로 힘겨루기를 할 필요가 없다. 더구나 법률적 효력이 의심되는 하찮은 문서조각쯤이야. 심사숙고하는 표정으로 잠깐 뜸을 들인 다음 목을 가다듬었다.

"민구가 성당 분들에게 사랑을 참 많이 받았나 봐요. 걱정하시는 일이 벌어지지 않도록 하겠습니다. 저야 부양가족 하나 없고 직장도 있으니 아버지가 민구를 위해 남긴 재산에 손 댈 이유가 없지요."

내가 생각하기에도 공손하고 진정성 넘치는 대응이었다. 생전의 그에게 불러준 적 없는 아버지라는 호칭까지 매끄럽게 흘러나왔다. 어디서도 귀공자풍의 품격 따위 찾아볼 수 없었던, 예복을 말끔히 차려입은 시종 대신 말더듬이 바보 아들을 대동하고 나타났던 그가, 어쩌면 내 환상의 일부를 현실화시켜줄지 모른다. 통장 잔고에 관한 간절한 궁금증을 지긋이 내리누르며 시원스럽게 사인을 했다. 장례식장 직원이 내미는 상복도 두 말 않고 받아 입었다. 사내가 악수를 청했다. 수사관 같던 날카로운 눈매가 신심 깊은 천주교 신자의 온후한 눈길로 바뀌었다.

신뢰를 얻기 위해선 두 가지만 기억하면 된다. 하나는 상대가 원하는 행동을 하거나 원하지 않는 행동을 하지 않는 아주 단순한 복종. 나머지 하나는 시간과의 싸움을 견뎌내는 느긋함.

처음엔 고인을 위해 기도해 준다며 사흘이 멀다고 나타나던 성당 사람들의 발길이 사십구재 이후로 거의 끊겼다. 내 출현이 빚어낸 돌발 상황을 아무 법적 효력 없는 각서로 무마하려던 순진한 연도회장의 안부 전화도, 성당 측과의 금전 문제 정리 이후 두어 달이 지나가자 뜸해졌다. 아버지가 보고 싶지 않냐는 방문객의 질문도 차츰 줄어들었다. 그의 구식 핸드폰을 차지하게 된 민구가 단순하기 짝 없는 게임에 몰두한 채 건성으로 하는 대꾸가 늘 똑같았기 때문이다. 조, 좋아. 안 때려. 엉뚱한 대답에 사람들은 혀를 끌끌 차며, 누나가 있으니 얼마나 다행이냐고 녀석의 등을 두드려주곤 했다. 불같은 성정을 참지 못해 손찌검을 해대던 아버지 대신 다정한 누날 만난 복 있는 바보답게 민구는 사람들의 관심에서 멀어져갔다. 어린 시절 부모에게 버림받고도 병든 외할머니를 지극정성으로 봉양한 가엾은 민구 누나 역시, 성당 사람들의 입방아에 산뜻한 변화를 주고나선 서서히 잊혀 갔다. 시집가얄 것인디 짠해서 어쩐다냐? 할매 병치레로 꽃다운 시절 다 보내고 이젠 부족한 동생 밟혀 옴도 뛰도 못허게 됐으니. 피가 물보다 진하다드만 민구 걱정은 안 해도 쓰겠네 그랴…….

볼을 던지는 건 투수의 판단력이지만 적시타를 날리는 건 타자의 동물적 감각이다. 나는 온몸으로 때가 왔음을 감지했다. 반 년 가까이 납작 몸을 엎드린 채 기다린 만큼 누릴 수 있는 권리와 털어내야 하는 의무를 신속하고도 정확하게 정리하기로 했다. 이제 나는 더 이상 빚에 쫓

기는 사람으로 살지 않을 것이다. 누군가의 채무를 대신 짊어지는 사람
도 되지 않을 것이다. 그리고 내겐 그럴 만한 자격이 있다.

사실 그가 남긴 14평 아파트로 짐을 싸들고 왔을 땐 감격에 겨워 그쯤
에서 주저앉을까도 싶었다. 1인용 침대와 반 칸짜리 옷장과 130리터 용
량의 냉장고가 가구의 전부인 한 평 반 넓이의 고시텔 방에 비하면 저택
이나 다름없는 집이었다. 민구와 공동소유라는 데서 오는 께름칙한 느
낌도 잠시, 실제 권리 행사의 유일한 당사자인 내 법적 위상에 으쓱해졌
다. 게다가 내 연봉의 반절을 웃도는 통장 잔고까지. 어린 시절의 환상
이 실현불가의 몽상만은 아니었다. 열여덟 사람이 공동으로 사용하는
고시텔 복도 끝의 화장실 겸 세면실에서 마지막 오줌을 누며 찍어낸 눈
물은 슬프고도 아름다운 추억으로 갈무리되었다. 새벽을 찢는 알람소리
에도 나는 더 이상 천박한 주문 따위 외지 않게 되었다. 급여의 1/4에 육
박하는 월세를 내면서도 샤워든 배변이든 내가 원하는 때에 내 맘대로
할 수 없었던, 구질구질한 시절과 이미 작별했으므로. 하지만 어떤 행운
도 반복되는 일상 속에선 녹슬게 마련이다. 마모된 낡은 가구의 이음매
틈새로 삐죽 튀어나온 뻘건 못처럼. 난 헐거워진 못을 빼내고 수리하는
대신 새 가구를 사들이는 쪽을 선택했다.

민구의 옷가지들과 양말, 수건 등 간단한 소지품을 챙기는 데는 큰 가
방이 필요하지 않았다. 내 짐은 새벽녘에 차 트렁크에 미리 실어놓았다.
조금치라도 주변 사람들의 이목을 끌고 싶지 않았다.

"누나! 지, 지금 어, 어디 가?"

오랜만에 성장한 자신의 모습을 거울에 비춰보던 민구가 잔뜩 들뜬

표정으로 물었다.

"니네 아버지한테."

"아, 아부지? 아부지 어, 없어."

녀석이 좌우로 고개를 저었다. 미간 사이로 두려움 같은 게 스쳐지나 갔다. 외할머니가 늘 묘사한 대로의 그라면, 어디로 도망갈 능력조차 없는 바보 아들에게 수시로 자신의 모든 화를 쏟아냈을 것이다. 수없이 되풀이 됐을 폭행과 폭언. 고해성사와 예물에 눈이 멀어 판단능력을 상실한 그의 신은 몇 번이고 그를 용서함으로써 민구의 공포감을 심화시켰을 터이다. 그의 곁을 몇 여자가 지나갔는지 모르지만, 민구 엄마도 필경은 그를 견디지 못해 갓난아이를 버려두고 도망친 게 틀림없다.

"걱정 마, 돌아가셨잖아. 이젠 화 안내. 널 때리지도 않을 거고."

왜 녀석과 거길 들러야겠다고 생각했는지 모르겠다. 노총각인지 홀아비인지 모를 나이 지긋한 대머리 탓이었을까? 해외 출장으로 여러 해 동안 나가있어야 해서 가재도구를 몽땅 무료로 넘기겠다는 내 제안에 반색하던 남자. 흠흠, 뒤늦게 청구서가 날아오는 일은 없겠지요? 헛기침을 하며 뒷목을 긁적이는 모습이 왠지 낯익었다. 아파트 매매 계약서에 막 도장을 찍으려던 나는 멈칫했다. 집주인의 갑작스런 귀가에 놀라 온몸이 굳어버린 빈집털이범처럼. 그가 마지막으로 날 찾아왔던 날이 문득 떠올랐다. 전에 없이 혼자였다. 술 냄새를 풍기며 그가 이윽히 날 쳐다보았다. 흠흠, 한참 헛기침을 해대더니 객쩍은 표정으로 뒷덜미를 만지작거렸다. 민구, 알고 보면 불쌍한 녀석이야. 젖도 떼기 전에 어미한테 버림받고……. 대꾸하는 데는 그리 긴 시간이 필요하지 않았다. 눈도 뜨기 전에 애비한테 버림받은 계집애도 있죠. 그건 바람기 많은 네 어미 탓이었지. 나는 너를……, 으흠 흠. 한동안 머뭇거리던 그가 돌아섰다. 내가 듣고 싶은 말은 끝내 한 마디도 해주지 않고서. 가로등 불빛이 유난히도 깜박거렸다. 어깨가 처진 그의 그림자가 생겨났다 사라졌다를 반복하며 점점 작아져 갔다. 그랬다. 그러니 미안하달 것도 죄송할 일도 없는 거다. 난 도장에 붉은 인주를 묻혀 내 이름 자 곁에다 꾸욱 눌렀다.

누군가를 노려보는 그의 시선은 여전했다. 민구는 내가 시키는 대로 꾸벅 고개를 숙여 두 번 절했다. 근처에 놓여있는 젊은 여자의 영정 사진에 눈을 준 채 아주 무성의하고 무관심한 태도로. 지방질이 두터워 성깔 깨나 부림직한 그의 눈매가 더욱 형형하게 빛을 발했다. 이놈의 새끼가, 금방이라도 소릴 지르며 액자를 박차고 튀어나올 것만 같았다. 나는 그를 외면했다. 내 목을 수년간 옥죄었던 빚을 청산하고 홀가분하게 떠날 기회를 주어 고맙단 말은 하지 않았다. 몇 시간 후엔 인천 국제공항에서 씨엠립 행 비행기에 오를 거란 얘기도 하지 않았다. 급증하는 한국인 여행객을 대상으로 앙코르와트 근처에서 식당을 운영하는 선배 언니가 사업 확장의 파트너로 날 초대했단 말도 하지 않았다.

배고프다며 보채는 민구를 데리고 근처 식당으로 갔다. 나는 민구가 좋아하는 내장 국밥을 시켜주었다. 땀을 뻘뻘 흘리며 한 그릇을 순식간에 비운 녀석이 아쉬운 표정으로 나를 쳐다보았다. 반나마 남은 국물을 녀석의 그릇에다 부어주고 밥 한 공기를 더 시켜주었다. 녀석은 그것 또한 말아 후루룩 마셔버렸다.

민구가 성심원 앞에서 자꾸만 뒷걸음질을 쳤다. 크, 크은 집 싫어. 누,

누나랑 우리 집에서 그냥, 그냥 사, 살고 싶어. 참으로 빙충맞은 녀석이다. 그렇게나 어르고 달래고 타일렀건만. 며칠만 기다리라고 했잖아. 누나가 멀리 출장가게 돼서 널 돌봐주기 어렵다고. 곧 데리러 올 거야. 수십 번 되풀이했던 거짓말을 또 다시 늘어놓으려니 스멀스멀 짜증이 일었다. 버티고 선 녀석의 손을 다짜고짜 잡아챘다. 악력이 만만치 않았다. 외려 내가 뒤로 딸려가고 말았다. 때맞춰 문이 열렸다. 아랫배가 불룩 튀어나온 중년의 사내가 만면에 환한 웃음을 띠고서 우릴 맞았다.

"신민구인데요, 오늘 입소하기로 한. 얘가 안 들어가겠다고 자꾸 버티는 바람에……."

"처음엔 누구나 그렇답니다. 정상인들도 낯선 곳에 오면 뒤가 켕기게 마련이지요. 헛헛!"

사내는 과장되게 웃으며 민구의 팔짱을 끼었다. 녀석은 발을 질질 끌며 하는 수 없이 사내의 뒤를 따랐다. 난 준비해 온 서류를 사내에게 넘겨주고 그들이 요구하는 대로 여기저기 서명을 해주었다. 3개월 분 원비를 선납하고 영수증도 챙겨 받았다. 그들에게 더는 연락할 계획이 없지만, 민구에게 최소한의 예의는 표하고 싶었다. 녀석의 몫까지 다 가로채진 않았다는 변명거리를 위해서도.

"네, 신민구 군의 성심원 입소 절차가 완료되었습니다. 환영합니다."

사내가 두 팔을 활짝 벌려 민구를 껴안았다. 머쓱한 표정으로 마지못해 사내에게 안긴 민구가 날 향해 고개를 쑥 빼물었다. 며칠만 참고 있어. 금방 데리러 올게. 나는 몇 번이고 다짐을 해주었다.

"민구 군은 저희가 잘 돌보겠습니다."

사내가 민구를 앞세우고 엘리베이터에 올라탔다. 시, 싫어. 누, 누나 따라갈래. 녀석이 간절한 눈빛으로 나를 돌아보았다. 굵은 눈물방울 하나가 툭 떨어졌다. 엘리베이터의 문이 닫혔다. 민구의 젖은 목소리가 성심원 1층 로비에 메아리처럼 울려 퍼졌다. 누나아! 나는 뒤돌아보지 않고 달려 나왔다. 머뭇거리다간 비행기를 놓칠지도 모른다. 습습한 바람이 옷자락에 감겼다. 하늘이 칙칙하게 내려앉아 그런지 눈앞이 뿌옇게 흐렸다.

까치밥

까치밥

홀낏 시계를 본다.

채 반 시간도 지나지 않아 여자는 나타날 것이다. 형준은 물이 반쯤 담긴 대야를 상 위에 올려놓는다. 그 여자와 마주앉아 식사를 하곤 했던 밥상이다. 사진 한 장을 집게로 집어 든다. 라이터로 불을 붙인다. 사진이 가늘게 빠지직 소리를 내며 오그라든다. 오그라드는 면을 따라 불길은 넓어지고 또 높아진다. 여자의 손을 잡은 장난기 가득한 눈망울의 사내아이 얼굴이 일그러진다. 상관없다. 여자와 함께 사라져버린 날들의 기억쯤.

형준은 집게를 벌려 타고 있는 사진을 대야에 떨어뜨린다.

여자를 전부 다 지워버려서는 안 된다. 핸드백을 낀 한 쪽 팔이든 뾰족한 구두 굽이든 그 여자임을 알 수 있는 단서가 남아야 한다. 대야 속의 물로 떨어진 불길은 치직거리는 신음소리와 함께 불쾌한 냄새를 쏟아낸다. 비닐이나 페트병이 타는 것 같은 그런 냄새다. 형준은 눈살을 찌푸린다. 왜 좀 더 깔끔하게 사라지지 못하는 것일까. 완벽하게 태워 없애고 싶은 충동을 애써 누른다. 한 장, 한 장, 그리고 또……. 시커먼 연기가 피어오른다. 그는 안팎의 문들이 꼭꼭 닫혀져있는지 확인한다. 여자가 현관문을 열 때까지 냄새든 연기든 뭔가는 남아있어야 한다.

불길을 피해 살아남은 사진들을 그는 쓸어 모은다.

몇 장 남아있지 않다. 여자의 얼굴을 담고 있지 않은 것들뿐이다. 상자에 집어넣고 벽장 선반에다 올린다. 문을 닫고 돌아서는데 뭔가 발에 채여 구른다. 처음 보는 흑백사진이다. 사진을 모아둔 상자에서 튀어나왔으리란 짐작은 되지만 언제부터 거기에 있었는지 알 수 없다.

사진 속의 인물들에게선 아무런 현실감이 느껴지지 않는다.

자랑스러움과 불안감이 반씩 교차하는 어리벙벙한 표정의 소년은 짙은 검정색 교복을 입고 챙이 빳빳한 학생모를 쓰고 있다. 난초 문양 브로치로 한복 저고리 깃을 여민 여인은 눈빛을 어디다 두어야할지 몰라 어색한 표정이다. 단정하게 가르마를 탄 중년 남자의 두툼한 입술은 굳게 닫혀져 있다. 형준은 벽장문을 다시 열려다 그만 둔다. 메려던 가방 한 구석에 사진을 쑤셔 넣는다. 더 이상 집에 있어서는 안 된다. 그 여자는 얼마 지나지 않아 나타날 것이다.

복도는 여전하다.

바닥은 시커먼 껌 자국들로 얼룩덜룩하다. 제조회사를 알 수 없는 싸구려 과자 껍질이며 머리카락, 개털 따위가 한 움큼씩 몰려다닌다. 옆구리가 터진 쓰레기 봉지들이 발에 차인다. 찢어진 비닐 틈새로 끈끈한 정액이 담긴 콘돔이 비어져 나와 있다. 복도 벽이며 바닥을 가리지 않고 숱한 무늬를 그리고 있는 오줌 자국들, 지린내조차 여느 때와 다름없다. 미친 새끼들. 이 사이로 찌익 뱉어내는 침에 욕지거리가 섞인다.

형준은 바지를 내리깐다.

말라버린 오줌자국 위에 새로운 그림을 그리는 건 10층 복도를 공유하는 사내들의 권리다. 1004호 계집애가 빠끔히 문을 열고 내다본다. 좁은 이마, 퉁퉁 부은 볼따구니, 툭 까진 입술, 어딜 보아도 덜 떨어진 애가 분명하다. 계집애의 눈길을 어깨로 받아 내며 복도 벽을 향해 오줌줄기를 내 뿜는다. 계집애가 킬킬거린다. 썅! 병신 주제에…….

엘리베이터를 타고 내려가는 일은 한결 수월하다.

버튼을 찾는데 아무 공력도 들일 필요가 없다. 왼쪽 맨 아래 것만 누르면 된다. 거기에 8이 써져 있건 화살표가 그려져 있건, 엘리베이터는 따지지 않고 1층에다 그를 내려놓는다. 하지만 올라가기 위해서는 위든 아래든 마지막 버튼을 기점으로 목표 층을 세어보아야 한다. 눈 온 날 개새끼 싸돌아다니듯 잠시도 쉴 틈 없이 바쁜 애 녀석들이 놀이터의 온갖 놀이기구들을 다 때려 부순 연후에 발견해 낸 장난감이 엘리베이터였던 탓이다. 5층은 뒤집어진 7을 달았고 9층에는 비상이라는 글씨가 오른쪽으로 30도쯤 삐딱하게 기울어진 채 붙어있다. 그나마 있던 버튼마저 사라져서 튀어나온 쇠 꼭지를 눌러야 하는 경우도 항상 두어 층은 된다. 그럴 땐 사람의 몸이 전도체라는 사실을 기억해낼 필요가 없다. 빨라진 심박 수가 손바닥에 땀을 쥐게 하여 반응강도를 높일 테니 말이다.

119 구급차가 숨 가쁘게 소릴 질러댄다.

아파트 마당에 조무래기들이 잔뜩 모여 있다. 녀석들이 시끌벅적 웅성대는 일이라면 뻔하다. 복도가 평소와 달리 한산했던 이유를 알 것 같다. TV 뉴스에는 절대로 보도되지 않는 영구 임대 아파트의 일상적인 행사니만치 관심 갖는 어른들은 극히 드물다. 관리사무소 직원, 관할 파출소 경찰, 구급차 기사만으로 일처리는 일사불란하게 이루어진다. 도둑고양이가 농산물 저장창고에 새끼를 낳는 일보다 더 하잘 것 없는 투신자살 사건은 구급차의 비상벨 소리와 함께 사라진다. 형준은 가래침을 모아 세차게 뱉어낸다. 칵 소리가 콘크리트 바닥에서 튀어 오른다.

파리들이 닝닝거리며 분주하게 움직인다.

분리수거용 플라스틱 통에서 흘러넘치는 음식물 쓰레기로 잔뜩 배를 불렸을 텐데도 녀석들의 욕망은 끝이 없다. 냄새의 행렬에 가담한 핏자국을 맛보려고 혈안이다. 통통한 뱃가죽을 시퍼렇게 빛내며 날아가는 놈 하나를 손바닥으로 사정없이 쳐 내린다. 눈 깜짝할 새 콘크리트 바닥으로 패대기쳐진 놈이 비척거리며 몸을 일으키려 한다. 형준은 발바닥으로 꾹 눌러 버린다. 따닥, 놈의 창자 터지는 소리는 메아리를 만들지 못한다.

놀이터는 텅 비어있다.

형준은 구름사다리 위로 올라간다. 아파트 입구로 들어서는 차들을 가장 잘 볼 수 있는 자리다. 잎줄기 무성한 쥐똥나무 울타리가 시야를 방해하지 않기 때문이다. 구름사다리는 그 여자와 함께 둘이서 이사 들어오던 구 년 전이나 지금이나 별로 달라진 게 없다. 시뻘건 녹이 더 두터워지지도, 점처럼 얼룩덜룩 남아 있던 페인트 자국이 더 벗겨지지도 않은 채 그대로다. 형준은 두 개의 쇠막대 사이에 엉덩이를 걸치고 앉는다. 바지에 녹슨 철가루가 묻을 테지만 그 정도는 감수하기로 한다. 그 여자를 태운 차가 지나가는 걸 확인하는 게 당장의 목적이니까. 채 오 분도 지나지 않아 은갈치 색의 중형 외제차가 들어설 것이다. 영감은 비교적 정확한 사람이다.

기다림은 그래도 지루하다.

가방에 꾸겨 넣었던 사진을 꺼내 본다. 어두운 방안에서보다 오히려 흐릿하다. 초가을 오후의 투명한 햇빛을 감당하기가 버거운 모양이다. 그에게도 마찬가지다. 기억을 쥐어짜는 일은 버겁다. 짐작되는 이들과 사진 속 인물들은 아무런 관련이 없어 보인다. 괜스레 앞뒤로 뒤집어본다. 누르께한 세월의 흔적이 팔랑거린다. 문득 그 사이로 몇 개의 글자가 깜빡이며 나타났다 사라지곤 한다. 잠시 멈춘다. '봉서리 집에서', 그뿐이다. 다른 글씨가 더 숨어있나 유심히 살핀다. 없다. 손가락으로 한 자 한자 짚어가며 소리 내어 읽어본다. 봉서리 집에서. 한 마디 이외에는 완강한 침묵이다. 그러고 보니 인물들 뒤로 집이나 자연물 같은 배경도 전혀 없다. 텅 빈 잿빛 공간에다 어느 한 순간을 가두고 있는 사람들의 일관된 표정만이 전부다.

갈치의 은빛 꼬리가 햇살을 가르며 미끄러져 온다.

영감의 차다. 그것은 605동 주차장에 여자를 떨궈 놓고 서둘러 도망친다. 시멘트 땜질 흔적이 무늬처럼 촘촘한, 지저분한 아파트 건물 사이에 오래 머무른다는 건 영감의 자존심을 구기는 일일 터다. 어쨌거나 지루함은 끝난다. 이젠 여자에게 바통을 넘겨줄 차례다. 한 달에 한 번 오겠다는 약속은 일방적인 것이었다. 거부하지 않고 집에 있어준 지난 몇 번으로 자신이 충분히 납득되었다고 여기는 여자의 태도는 역겹기 그지없다.

다리를 지난다.

십일월의 차가운 바람이 귓전을 사정없이 후려친다. 피시방으로 잡아끌던 친구 녀석들의 꼬드김을 뿌리친 게 후회된다. 엠피쓰리의 볼륨을 한결 높인다. 텅 빈 논밭 사이로 몇 개의 지붕들이 듬성듬성 고개를 내민다. 마을은 별로 멀지 않아 보인다. 둑길로 접어든다. 강아지풀이며 엉겅퀴, 개망초들이 누런 줄기를 꼿꼿이 세우고서 옷자락에 부딪혀온다. 무성했던 지난 여름의 영광이 짓밟힐까 두려워 부리는 가당찮은 허세다.

왕바랭이 한줄기를 꺾는다.

여자가 그랬던 것처럼 오돌토돌한 씨앗 줄기들을 하나씩 둥그렇게 구부려 제 몸통에다 붙여본다. 그런 다음 기다란 풀잎을 뜯어 한꺼번에 돌려 묶을 참이다. 여자는 머리카락 한 올도 가려주지 못하는 것을 우산이라며 형준의 머리 위에 씌어주곤 했다. 하지만 구부려지기도 전에 그것은 부서져 버린다. 버석거리며 가루가 되어 떨어진다. 하긴 그건 더 이상 풀이 아니다. 풀의 미이라다. 누군가의 손이 닿기만 하면 금방이라도 먼지로 흩어져 버릴 껍데기다. 줄기를 튼실하게 지탱해주던 여름날의 햇볕은 이미 사그라진 지 오래다. 형준은 한 움큼 마른 풀을 뽑아 손바닥으로 비빈다. 두 손을 벌리자 바람은 순식간에 그것들을 휘몰아 가버린다. 이내 손바닥은 텅 빈다. 아무 것도 쥐어본 적이 없었던 것처럼.

구멍가게 앞이다.

마을 입구에 도착한 것이다. 갑자기 시장기가 몰려든다. 가게 안은 어둡다. 조심스레 유리문을 민다. 뻑뻑하다. 아무 인기척도 없다. 먼지를 뒤집어 쓴 과자봉지들이 진열대 위에서 오들오들 떨고 있다. 술이며 음료수 따위를 넣어둔 냉장고 또한 시퍼렇게 질려있다. 한 가운데 버티고 선 녹슨 석유난로는 한 번도 불길을 안아본 적이 없는 것 같다. 아무도 안 계세요? 대꾸가 없다. 형준은 과자를 한 봉지 집어 든다. 우유도 한 팩 꺼내온다. 차가운 우유가 식도를 타고 넘어가자 온 몸에 오소소 소름이 돋는다.

바지 호주머니 속에서 전화기가 부르르 떤다.

보나마나 그 여자일 것이다. 전원을 끈다는 걸 깜빡했다. 여자는 저녁 준비를 하면서 수없이 망설였을 것이다. 준비해온 김치며 밑반찬들을 냉장고 안에 채워 넣고, 널려있던 빨랫감들을 세탁기에 담그고, 구석구석 숨어있던 먼지들을 청소기 안에 가두는 동안 몇 번이고 통화 버튼을 만지작거렸을 것이다. 형준은 쉴 새 없이 떨어대는 전화기를 꺼내 몸체에서 배터리를 분리해버린다. 반쯤 타다 만 사진들을 군소리 한마디 없이 말끔하게 치워버렸던 여자에 대해 새삼 분노가 치민다.

드드득, 문이 열린다.

할머니라 하기도 아줌마라 부르기도 어색한 중늙은이다. 두툼한 스웨터를 입고서도 팔짱을 끼고 잔뜩 오그린 채 벌벌 떨며 들어선다.

"아이고, 추워라. 뭔 놈의 날씨가 사흘 굶긴 시엄씨 낯바닥마냥 요리 험상스런고. 햇끝은 저리 용용헌디 말여. 오메, 손님이 있었네. 지름이 다 떨어져갖고 불도 못 피고, 추와서 어찌까? 동네 총각은 아니고 멀리서 온 모냥인디 어디 가는 질이여?"

구멍가게 주인은 추운 날씨에 대한 넋두리, 손님에 대한 인사치레, 낯선 이에 대한 궁금증까지 순식간에 해치운다. 여기가 봉서리 맞나요? 닐 찾는감? 늙은이의 얼굴에 짙은 호기심이 감돈다. 봉서리라는 지명을 쫓아 벌써 세 번째 나선 길이다. 형준은 머뭇거린다.

"짭짭거리는 거 본께로 먼 헐 말이 있긴 있는 모냥인디. 술은 채워야 맛이고 말은 해야 맛이라고 안 허든가?"

파주에서처럼 아무 말도 꺼내지 말고 그냥 갈까 망설인다.

거기는 너무 멀었다. 서울에서 내려 시외버스를 몇 번 갈아타는 동안 늦은 저녁이 되어버렸다. 사진 속의 인물들과 아무 인연이 없을 거란 단정은 순전히 그 거리감 때문이었다. 게다가 처음 나선 길이었고 뭐든 확인해 보고 싶다는 소망 따위 아직 몸에 배지 않은 터였다. 여자가 밤늦도록 전화기에 매달려 전전긍긍하다 파출소에 실종 신고를 낼까말까 망설이도록 만든 것으로 충분했다. 가겟집 늙은이가 호기심 가득한 눈으로 형준을 쳐다본다. 빨리 벗어나고 싶다. 그는 가방 안에서 사진을 꺼낸다. 길게 설명할 필요도 없다. 이봐요, 당신과는 아무 상관없는 일이죠? 다짐을 놓듯 형준은 그네의 코앞에다 사진을 들이민다.

구멍가게 주인은 사진을 들고 유리창 쪽으로 간다.

한동안 사진을 들여다보더니 뭔가를 생각해내려는 사람처럼 눈을 지그시 감는다. 그러더니 별안간 형준에게로 고개를 돌린다. 뚫어져라 그의 얼굴을 샅샅이 훑는다. 다시 사진으로 눈길을 돌렸다가 형준을 쳐다보고 또 다시 사진을 보다가 그의 얼굴을 더듬는다. 형준은 당황한다. 도망치고 싶어진다.

구례읍에 있는 봉서리를 찾아간 건 지난달이었다.

파주에 비하면 구례는 이웃집이나 다름없었다. 확인해 줄 무엇이 있을지도 모른다는 기대와 아무도 몰랐으면 하는 바람이 교차했다. 두 번째 나서면서부터 이상스런 목적의식 같은 것이, 단지 그 여자를 기다리게 하는 것만으로는 충분치 않은 무엇이 생겨났다. 형준이 불쑥 꺼내놓은 사진 속 인물을 알아보는 사람은 없었다. 겁나게 오래된 사진이구만. 요 브로치 좀 봐라, 아조 그때는 징허게 유행했는디. 고 놈 참 시악시같이 이쁘게도 생겼네. 노인네들은 별 것에 다 신경을 썼지만 결국은 잘 모르겠다며 고개를 저었다.

"그런게로 자네가 소태실 양반 손지라 이 말이여?"

형준은 턱 숨이 막힌다.

소태실 양반이라니, 처음 들어보는 호칭이다. 할아버지는 그냥 할아버지였을 뿐이다. 더구나 그가 기억하는 할머니와 사진 속의 여인은 하나도 닮아있지 않다. 가겟집 늙은이는 대답을 기다리지도 않고 그의 주변을 한 바퀴 빙 돈다. 씨도둑은 못 허는거. 요 기골 잠 봐. 영락없이 그 냥반이네. 딱히 들으라고 하는 말은 아닌 듯 그네는 혼잣말처럼 지껄인다. 잃어버린 물건을 찾은 사람모양 흐뭇한 표정으로 고개를 끄덕이기까지 한다. 형준은 벌떡 일어선다. 사람을 잘못 보셨나 봐요. 하지만 그네는 이미 자기 말에 취해 귀담아 듣지 않는다.

"쫌만 더 빨리 오제 그랬는가? 지지리도 복쪼가리 없는 노인네 같으니. 하고많은 날 중에 어저께라니. 그 한 서린 집을 돌아보고 또 돌아보고 해쌓는디 우리라고 어디 맘이 편했겄어? 자네 할무니 살아온 전정을 생각해 보믄……."

형준은 서둘러 물건 값을 계산한다.

할머니는 돌아가신지 오래다. 중앙선을 침범한 화물트럭이 아빠가 운전하던 승용차를 들이받은 날, 차에 타고 있던 가족 중 살아남은 사람은 그 여자와 유치원생이던 형준 뿐이었다. 가게 주인은 아마도 착각을 한 모양이다. 그런 눈치를 아는지 모르는지 그네는 폭포수처럼 말을 쏟아내며 그의 발목을 붙잡는다.

"동네 사람들도 헐만큼 했제. 없는 일손에도 자네 할무니가 파자친 구뎅이를 두 말 않고 메와주고들 했은게. 근디 시간이 지낼수록 심해졌단 말여. 자기 집 마당만 파자치는 것이 아니라 고샅길이며 남의 집 안마당까지, 맨 땅만 보믄 마구 달려들어서는 온 동네를 공사판으로 맹글어부렀어. 갈쿠도 그런 갈쿠가 없었제. 하는 수 없이 면사무소에 진정을 내서 요양원으로 뫼시게 한 거여. 해필 그날이 바로 어저께였구먼."

형준은 문 쪽으로 슬슬 꽁무니를 뺀다.

더 이상 머뭇거렸다간 생면부지의 노인이 할머니 자리를 차지하고 들어올 판이다. 구멍가게 주인이 그를 붙잡는 대신 어이없게도 할아버지와 아빠의 안부를 묻는다. 그리고 할아버지를 호려내 아들 하나를 낳고 본부인을 영영 저버리게 만든 도시여자에 관해서도. 형준은 뭐라 대답해야 할지 몰라 머뭇거린다. 아무래도 그네가 생각하고 있는 소태실 양반과 그가 알고 있는 할아버지는 다른 인물인 것 같다. 뭐, 그냥. 대충 얼버무리며 떠나려는 그를 붙들고 가게 주인은 생뚱맞은 제안을 한다. 사람의 도리가 그런 게 아니라며, 전화번호를 남겨놓으면 그 요양원이 어딘지 알아봐 연락해주겠다는 것이다. 아뇨, 괜찮아요. 아무래도 저와는 상관없는 얘기 같아요. 순간 그네의 얼굴이 싸늘하게 굳는다. 추궁하는 빛까지 떠돈다.

"아무리 물정 모르는 젊은이라도 그렇지, 예까지 찾아왔으면서 그러면 못써. 자네 아부지가 그러라고 시키든가? 허기사 손지가 요리 장성하도록 본실 어무니를 나 몰라라 한 걸 보믄 사람이 못쓰게 된 거여. 중학생 되얐다고 소태실 양반 손잡고 와서는 장터에서 기념사진 찍을 때만 해도 첩실 소생이라지만 근본 있는 집안 자석이라 달브구나 했건마는. 아이고, 우리 소태실떡 성님만 불쌍허제."

형준의 발걸음이 얼어붙는다.

전혀 상반되는 두 가지 느낌이 동시에 머리를 친다. 제각각으로 흩어져있던 구슬이 순식간에 한 줄의 목걸이로 꿰지는 듯한 느낌 하나, 그리고 잘 엮여져있던 목걸이가 한순간에 풀어져 수많은 구슬이 와르르 쏟아져 바닥에 구르는 것 같은 느낌 또 하나. 혼란스럽다. 어떻게 그런 일이 가능할 수 있단 말인가? 두 할머니라니. 형준이 무춤해 있는 동안 구멍가게 주인은 끊임없이 사설을 늘어놓는다. 그의 집안 내력에 관해서라면 모든 것을 알고 있다는 듯 거침이 없다. 그리고는 문제의 할머니가 살던 집 위치까지 상세히 일러준다.

그는 건성으로 흘려듣는다.

형준이 기억하는 한, 여자는 다른 할머니의 존재에 관해 단 한 번도 얘길 해준 적이 없다. 상식적으로 이해되지 않는 촌스런 전설이 가족사 안에 숨어있단 암시를 한 적도 없다. 어쨌거나 당장의 할 일은 가게를 벗어나는 것이다. 갑작스레 몰려든 혼란스러움을 정리하기 위해서라도 혼자만의 시간이 필요하다. 그는 소태실댁 할머니 집에 들러보겠다는 약속을 하고 만다. 엿가락 늘어지듯 하염없이 늘어지는 가겟집 늙은이 의 장광설을 끝장 낼 방법이 떠오르지 않아서다. 그쪽이 아니란게? 왼손 편으로 틀어서 올라가야 써. 구멍가게에서 나서자마자 마을 밖으로 도 망치려던 형준을 그네는 놓아주지 않는다. 거머리 같으니라구. 툴툴거 리면서도 발길은 그네의 따가운 눈길을 떨쳐내지 못한다. 뒤돌아보지 않고 뛰어가 버리면 그만이다. 어차피 다시 올 일도 없다. 스스로에게 다짐을 하는데도 방향을 지시하는 가겟집 늙은이의 손가락에 금방 뒷덜 미가 잡힐 것만 같아 다리에 힘을 줄 수가 없다. 형준은 체념한다.

해가 서산 계곡 사이로 내려앉는다.

하루분의 힘을 거의 다 소진한 듯 지친 표정이다. 그런 해의 둘레로 저녁놀이 쭈뼛쭈뼛 다가선다. 마을 가운데 있는 공터를 지나자 길이 좁 아지면서 경사가 더욱 급해진다. 듬성듬성 보이던 구덩이들이 점점 많 아진다. 길이 어딘지 알 수 없을 정도다. 그 끝자락에 초라한 양철 대문 집이 버티고 있다. 가겟집 늙은이의 말 그대로다. 헤벌어진 대문 안쪽으로 검붉은 봉분들이 즐비하다. 구덩이를 만들면서 파낸 흙더미임에 틀림없다. 왠지 으스스하다.

형준은 뒷걸음질 친다.

거친 바람이 달겨든다. 누렇게 시든 감 이파리 하나를 그의 가슴팍에 훈장처럼 붙여놓고 고샅길로 휘몰아 내려간다. 녹슨 양철 대문이 설컹설컹 울어댄다. 헐벗은 감나무 가지 꼭대기엔 굶주린 새들을 불러들이는 까치밥 몇 알이 대롱거린다. 눈 시리게 빨갛다. 슬레이트 지붕 위론 성근 대나무 줄기가 바람에 쓸린다. 마루는 사위어가는 저녁 햇살을 오롯이 보듬고 있다.

그는 잠시 망설인다.

중 놈 바랑 속에 든 머리빗 같은 신세로 어찌 살았는지 보고는 가야제. 그 원통한 세월을 손지라도 알아줘야 헐 것 아닌감. 가겟집 늙은이가 등 떠밀며 하던 말이 귓가에서 맴돈다. 어차피 내친걸음이다. 수많은 구덩이와 봉분들 사이를 곡예 하듯 지나 마루 위로 오른다. 방문에는 숟가락이 꽂혀있다. 조잡하기 짝 없는 경계 조치가 우습다. 누군들 그걸 열지 못할까. 떨그렁! 숟가락 떨어지는 소리가 빈 집에 울려 퍼진다. 동시에 방안에 갇혀있던 어둠이 연기처럼 밀려나온다. 정면 벽에 붙은 오래된 액자 하나가 조심스럽게 모습을 드러낸다. 유리에 반사되는 저녁 놀빛 사이로 낯익은 얼굴들이 보인다. 구멍가게 주인에게서 도로 빼앗아 가방 한 쪽에 처박아 둔 것과 똑같은 사진이다. 확대판이라 그런지 훨씬 크다는 점만 빼면 말이다.

훅, 형준은 크게 숨을 내뱉는다.

가겟집 늙은이가 어찌 그리 쉽게 단정을 내렸는지 알 것 같다. 횃대에 걸려있는 낡은 옷 몇 가지, 얌전히 개켜져 구석에 엎드린 이불 두어 장, 사람 없는 집의 섬뜩한 냉기가 그를 에워싼다. 애써 소리 내어 웃어본다. 한 번 시작한 웃음은 파도처럼 방안 가득 번진다. 웃다보니 정말 웃기다. 형준은 떼굴떼굴 구르며 더 큰 소리로 웃어젖힌다. 그 여자를 골탕 먹이려고 시작했던 여정이 아무 의미 없어보이던 똑같은 흑백사진 한 장을 더 찾아내는 과정이었다니. 봉서리의 소재를 처음 찾을 땐 전혀 예상해보지 못했다. 파주로 구례로 쏘다니면서 막연한 기대와 가벼운 실망감을 껌처럼 잘근잘근 씹는 재미가 쏠쏠하였다. 이곳 담양에서도 그렇게 여운이 남게 되리라 여겼다. 오래 오래 단물이 빠지지 않기를 소망하면서 다음번 행선지는 문경읍에 있는 봉서리로 정해 놓은 참이었다. 그런데 더는 이 놀이를 계속할 수 없다니. 하도 오래 웃어 그런지 눈꼬리에 촉촉이 물기가 서린다.

형준은 동쪽 벽으로 나있는 쪽문을 밀어본다.

문은 아무런 저항 없이 뒤로 밀려난다. 방안의 그것보다 훨씬 더 짙은 어둠이 그를 맞는다. 그릇 몇 개가 엎어진 선반이 어렴풋이 보인다. 부엌인가 보다. 촛농이 두껍게 쌓여있는 촛대가 아궁이 위에 보일 듯 말 듯 숨어있다. 빠끔히 비쳐드는 저녁 놀빛을 의지 삼아 다가가 본다. 움푹 파인 한가운데 새까만 심지가 빳빳이 고개를 들고 있다. 불꽃이 닿기만 하면 곧장 빛을 낼 수 있다는 표정이다. 댓자나 늘어지던 가겟집 늙은이의 사설 한 대목이 굳어버린 촛농 사이에서 흘러나온다.

뭐할라고 그리 땅을 파쌓소, 물을 때마다 맨날 똑같은 대답이었제. 우

리 귀헌 아들 방 맹글어 줄라고. 갸가 이고 지고 들어올 손지들 방 맹글
어 줄라고. 손 귀한 집 삼대독자 아들한테 새끼들 주렁주렁 열리라고 내
가 얼매나 신령님께 비는지 아무도 모를거. 당신 배 아파 난 아들도 아
님서, 조상 제삿날에 코빼기도 안 내비치는 넘에 자석한테 먼 지극정성
이다요, 행여 누가 비아냥치기라도 했다간 경을 치곤 했은게.

형준은 부엌문을 열고 마당으로 나온다.

봉긋하게 솟아있는 흙더미를 힘껏 발로 찬다. 의외로 단단하다. 부스
러진 흙가루가 그의 바짓가랑이에 달라붙는다. 발끝에 더 힘을 준다. 흙
덩어리 몇 조각이 아가리를 떡 벌인 구덩이 속으로 튀어 들어간다. 불현
듯 구덩이를 메워 마당을 평평하게 골라 놓아야겠다는 생각이 그를 사
로잡는다. 왠지 그래야만 할 것 같다.

그는 헛간에서 삽을 찾아낸다.

세모꼴 삽날을 흙무더기에 수직으로 꽂는다. 처음 해보는 삽질인데도
오래 전부터 방법을 알고 있었던 것만 같다. 작은 봉분이 하나 둘 파괴
되어 흔적도 없이 사라지기 시작한다. 컴퓨터 게임에서 적군의 진지를
폭파시킬 때의 흥분이 삽날을 타고 그의 어깨로 전해져 온다. 온몸이 뜨
거워진다. 이마에 송글송글 땀이 맺힌다. 담배연기 자욱한 피시방에서
손가락 몇 개의 움직임에 사활을 걸고 있을 친구 녀석들이 갑자기 한심
하게 여겨진다.

삽날은 속도를 더해간다.

형준의 무자비한 공격에 구덩이들은 드러낸 속살을 감추고 맥없이 주
저앉는다. 그의 점령지는 무한정으로 확대되어 간다. 그의 드넓은 영토

에 스멀스멀 어둠이 내린다. 형준은 삽질을 멈추지 않는다. 처음부터 그 일을 하기 위해 온 것처럼, 오래 전부터 그 일을 해 온 사람처럼 자연스럽다.

꼭대기에서부터 층을 내려 센다.

여섯 번째에서 멈춘다. 불이 꺼져 있다. 그 여자는 초저녁에 이미 떠났을 것이다. 엘리베이터 안은 썰렁하다. 오래 익은 습관대로 손가락은 오른쪽 세 번째 버튼 위로 올라간다. 비어있다. 아침까지도 멀쩡했던 것이 사라졌다. 빌어먹을 애새끼들, 형준은 부러 손가락에 침을 묻히고 꼭지를 누른다. 아무 일도 일어나지 않는다. 찌릿거리는 감촉조차도 없다. 튀어나온 쇠 꼭지가 불그죽죽한 흙가루로 얼룩진다.

엘리베이터는 그를 10층 복도 한 가운데다 뱉어낸다.

차가운 바람이 옷깃을 파고든다. 어둡다. 형준은 참을 수 없는 요의를 느낀다. 버릇이다. 현관문을 열어젖히기만 하면 미처 신발을 벗지 않고도 화장실 문을 열 수 있다. 그런데도 그 잠시를 참을 수가 없다. 바지의 지퍼를 내린다. 1004호 계집애가 빠끔히 문을 열고 내다본다. 귀신같다. 어쩌면 그리도 시간을 잘 맞추는지 모른다. 에이, 병신 같은 게. 그는 짜증스럽게 내뱉으며 다시 바지의 지퍼를 올린다. 더는 계집애의 기대를 채워주고 싶지 않다. 대신 식도 저 밑에 가라앉아 있는 가래를 모아 힘껏 계집애 쪽으로 뱉어준다.

탁, 스위치를 올린다.

신발을 벗고 가방을 내던지고 난 뒤에야 지지직거리며 용을 쓰던 형광등에 불이 들어온다. 그 여자가 사다놓고 간 새 형광등은 여전히 신발장 구석에 모셔져 있다. 아무렇게나 겉옷을 벗어 던지고 형준은 방바닥에 벌렁 드러눕는다. 휴대 전화에 배터리를 다시 끼운다. 어떤 녀석이 오늘의 게임에서 일등을 했는지 궁금하다. 형준이 빠진 채로 벌어진 온라인 게임의 승리는 준우승에 불과하다. 전원이 차단된 전화기 앞에 애타게 줄서있던 문자들이 다투어 도착을 알린다.

"밥 먹어라."

형준은 화들짝 놀란다. 15층 꼭대기서부터 세어 여섯 번째 집 창문엔 분명 불이 켜져 있지 않았다. 여자는 기다리는 걸 포기하고 돌아갔어야 한다.

"손발 먼저 씻고. 봤으니 됐다. 갈 테다. 다음부턴 너 학교 가고 없는 낮 시간에 다녀가마. 나 때문에 밤늦도록 쏘다닐 필요는 없다."

지독히도 낮게 가라앉은 목소리다. 종아리에 핏줄기가 서도록 회초리로 맞을 때나 들을 수 있었던 그런 말투다. 이어 현관문이 닫히고 밖에서 키를 돌리는 소리가 들린다. 또각또각 멀어지는 여자의 구두 소리. 엘리베이터 문이 열리는 소리.

형준은 벌떡 일어난다.

한걸음에 내달려가 현관문을 열어젖힌다. 기다려요, 물어볼 게 있어요! 그가 내지르는 소리는 엘리베이터를 붙들지 못한다. 그는 애꿎은 현관문을 걷어찬다. 퍽, 퍼억. 1004호 계집애가 그 틈을 놓치지 않고 고개를 내민다. 뭘 봐, 이 기집애야? 눈을 흘기며 괜스레 시비를 건다. 계집애의 툭 까진 입술이 실룩거린다. 노올자. 어눌한 발음이 튀어나온다. 쌩, 머리통에 피도 안 마른 게!

사납게 문을 닫는다.

킬킬거리는 계집애의 웃음소리가 뚝 잘린다. 손잡이를 거칠게 끌어당긴다. 집안이 통째로 흔들린다. 그 바람에 집안의 유일한 장식품이 벽에서 굴러 떨어진다. 그의 돌에 찍은 가족사진이다. 와장창 액자 유리가 깨진다. 아빠의 손등에 유리 조각이 박힌다. 여자의 어깨를 두르고 있던 손이다. 여자는 발가벗은 사내아이를 안고 환한 웃음을 머금고 있다. 형준은 아빠의 손등에서 유리조각을 빼낸다. 핏방울이 그의 손가락을 타고 흐른다.

휴대전화 문자창이 반짝거린다.

많이 자란 줄 알았더니 아직 유치하구나. 난 절대로 나를 팔지 않았어. 내게도 나를 돌볼 충분한 권리가 있다고 생각했을 뿐. 너도 스스로에게 그래야 하는 것과 마찬가지로. 그 여자가 보낸 문자다. 남의 집 아이들처럼 이름 난 학원도 보내고 유명브랜드 옷도 사 입히고 싶었다는 항변만큼이나 치졸하다. 삭제 버튼을 누른다.

깨진 액자를 쓰레기통에 집어 던진다.

그 자리에 다른 액자를 건다. 양철 대문 집 방안에 걸려있던 것이다. 더는 보아줄 사람이 없는 그것을 차마 두고 올 수 없었다. 형준은 다시 한 번 자세히 들여다본다. 검정색 교복을 입은 소년 양옆에서 난초 문양 브로치의 여인과 단정한 가르마의 중년 사내가 소년의 빳빳한 학생모에 서로 이마를 기대고 있다. 사내의 팔은 소년의 어깨를 지긋이 감싸고 소년의 팔은 여인의 한복 저고리 뒤로 돌아가 있다. 깍지 낀 두 손을 무릎 위에 다소곳이 모으고 눈이 부신 듯 잔뜩 찡그린 여인의 표정이 오래도록 그의 눈길을 휘어잡는다. 뜨겁게 치밀어 오는 그 무엇을 애써 감추느라, 아니면 잡히지 않을 어떤 것에 대한 갈망을 꾹꾹 내리누르느라, 평온을 가장하지 못한 정직한 낯빛이.

형준은 깨진 액자 속에 끼워져 있던 돌 사진을 잡아 뺀다.

가위를 들어 발가벗은 아이를 오려낸다. 아이를 감싸 안고 있던 여자의 두 팔도 함께 오려진다. 여자와 밀착되어있던 아빠의 몸체 일부가 그리고 여자의 가슴께부터 무릎까지가 텅 빈 공간으로 남는다. 그는 오려낸 아이를 난초 문양 브로치의 여인에게 안겨준다. 풀을 잔뜩 발라 액자 유리에서 떨어지지 않도록 꼼꼼하게 눌러 붙인다.

문득 배가 고프다.

주방 구석에서 여자가 손봐놓고 간 저녁상이 형준을 부른다. 갈치조림 냄새를 풍기며 슬그머니 손짓한다. 냄비는 여직 뜨거운 김을 내뿜고 있다. 뚜껑을 연다. 바닥에 무와 감자를 깔고 그 위에 고구마 줄기를 한 켜, 그런 다음 살집 넉넉한 갈치를 토막 내 올리고 양념장을 끼얹은 언제나의 그 솜씨다. 울컥, 뭔가 알 수 없는 것이 군침보다 먼저 그의 목젖을 건드린다. 따뜻한 밥공기 밑에 반으로 접힌 흰 봉투가 엎드려 있다. 한 달간의 안정을 보장받으려는 영감의 선불금이다. 그는 봉투를 들어 어느 때처럼 방바닥에 휙 내던지려다 그만둔다.

형준은 밥 한 술을 실하게 떠서 목구멍으로 밀어 넣는다.

수다와 논평의 오류

수다와 논평의 오류

어서 오세요. 반가움을 과장하려 한껏 드높인 목소리였다. 갑자기 낭패스런 기분이 들었다. 머리를 매만질 생각은 아니었다. 손님 하나 없이 텅 빈 미장원엘 그저 호기심 때문에 들어서서는 안 되는 일이었는데. 그렇다고 어물쩍 돌아서기도 민망하였다.

독특한 간판 그림이 인상적이었다. 그림은 신윤복의 미인도에 출현했던 모델을 재기용한 것으로 보였다. 고개를 살짝 틀면서 작은 눈을 아래로 내리깔아 조선 사대부가 여인의 기품과 우아함을 한껏 드러내 보였던 모델은, 시대의 조류에 맞춰 쌍꺼풀 수술을 하고 볼 살을 깎아낸 모양이었다. 잘 여민 저고리 깃 사이로 설핏 드러나던 목선 역시 더 과감

하게 노출하여 봉긋한 젖무덤이 반나마 드러나 보였다. 동네 미장원 간
판으로는 상당히 외설적이기까지 해서, 단정한 가르마 위로 올린 트레
머리와 우수에 젖은 눈빛이 아니라면, 키스방이나 질 낮은 술집으로 오
해할 수도 있을 것 같았다. 하지만 결정적으로 모델에게 품위를 더하고
있는 건 그녀의 머리 위로 화관처럼 드리워져 있는 검정 테두리 속의 빨
간 동그라미였다. 강렬한 색채와 단순한 구도에 덧붙인 몇 개의 굵고 촌
스러운 선들 때문에 머릿속에 그 이미지가 도장처럼 찍혀있는 그림이
선명하게 떠올랐다. 초현실주의 화가 미로의 대표작 모음집에 빠지지
않고 등장하는 그림 속의 태양, 아니면 달…….

　나는 간판 그림에 대해 물어볼 생각으로 '헤어살롱 미로'의 문을 열었
다. 가게 이름까지 미로이고 보면 아무 생각 없이 그냥 그려진 그림은
아니라고 여겨진 때문이다. 당당하고 자신감 넘치는 캐리어 우먼이나
발랄하고 솔직한 이십 대 여성의 이미지를 선호하는 미장원 간판 도안
의 특성상 조선 시대 여인의 트레머리와 스페인 화가 미로와의 만남은
내 직업적인 호기심을 자극하는 의외의 발상이었다.

　"차 한 잔 하시겠어요? 커피, 녹차, 홍차? 감잎차도 있어요. 국화차, 매
실차, 대잎차……."

　털이 보송보송한 니트 원피스를 입은 여자가 숨도 쉬지 않고 차 이름
을 줄줄이 외워댔다. 순간 찻집을 미장원으로 착각하고 잘못 들어온 게
아닌가 하는 의구심마저 들었다. 벽면을 가득 채운 거울이며 줄줄이 걸
려있는 드라이기로 보아 분명 찻집은 아니었다. 나는 얼결에 여자가 가
리키는 의자로 다가갔다. 날쌔게 가져와 입히는 미용 가운도 차마 마다

하지 못하고 꿰입었다.

"간판 그림이며 상호가 독특해서⋯⋯."

미장원에 들어 온 이유를 스스로에게 상기시키듯 말문을 열었다. 하지만 이어지는 여자의 질문이 내 우물거림 소리를 덮어버렸다.

"파마 하실래요, 커트 하실래요? 아님 염색?"

거울 속에서 부석부석한 머릿결의 볼륨감 없는 얼굴이 나를 바라보았다. 분위기를 바꿀 때가 되었단 생각은 들었다. 하지만 점심시간이 끝나가고 있는 참이었다. 개인적인 일로 근무시간을 축냈다가 사장에게 무슨 소리를 들을지 모를 일이었다. 우물거리는 동안 여자가 크림과 설탕이 혼합된 일회용 커피 봉지를 뜯어 종이컵에 쏟아 부었다. 커피 안 마셔요. 미처 말을 하기도 전에 여자가 내 손에 뜨거운 종이컵을 들려주었다.

"커피만큼 사랑 받는 차는 정말로 없을 거예요. 우리 미장원에 오는 손님들 중 열에 아홉은 커피를 달라고 하시거든요."

내가 커피를 주문하지 않는 열 중 하나라고 말하고 싶었지만 그냥 참았다. 상대의 의견을 물어보는 듯 하면서 모든 걸 제멋대로 처리하는 여자의 성정으로 보아, 어떤 일이 있어도 내게 커피를 마시게 하려고 덤빌 것 같아서다. 종이컵을 그저 쥐고 있다가 나가면서 슬쩍 쓰레기통에 버리면 그만일 것이다.

"손님처럼 그런 분들이 가끔 계세요. 간판 그림이 신기하다며 들어왔다가 머리를 하고 가는 사람들이 꽤 많죠."

여자는 내 궁금증에 대해 잊지 않았다는 듯 간판 이야기로 말머리를 돌렸다.

"그깟 촌스런 그림 하나가 뭘 어쩌랴 싶었는데 나름 광고효과가 있나 봐요. 처음엔 반품을 시킬까 말까 고민 많이 했죠. 그 간판쟁이, 하고 다니는 꼬락서니가 너무 불쌍해서……. 우리 미희 얼굴을 봐서도 야박하게 굴 순 없었죠."

여자에게 내가 바라는 대답을 들을 수 있을까 하는 회의적인 느낌이 들었지만, 간판쟁이란 단어의 신선함에 압도되어 귀를 쫑긋 세웠다. 제도용 자로 규격을 재가며 글씨 도안에 날밤을 새고, 페인트 붓을 들고 사다리를 오르내리는 가난한 예술가의 초상이 어른거렸다. 똑똑해진 컴퓨터 덕에 간판이고 플랜카드고 무대 휘장이고 어렵지 않게 제작할 수 있게 된 요즘, 사실 간판장이라 불릴 사람은 없었다. 약간의 창의력만 있으면 드가의 무희들을 조선의 굿판으로 불러낼 수도, 모나리자를 삭발시켜 비구니로 만들 수도 있는 시대다. 그림 두어 장을 이리저리 조합하여 동네 노래자랑 무대를 장식하거나 회사 홍보용 팸플릿을 만들고 시 낭송회 초대장을 찍을 수 있었다. 옷에다 지저분하게 페인트 묻힐 일은 절대로 없는 것이다.

그 사이 여자는 전신용 앞치마를 둘러 입었다. 하얀 니트 원피스에 머리카락 한 올 달라붙지 않도록 완벽하게 가릴 정도로 풍성하여 앞치마라기보다 비닐덮개라 불러야 할 듯싶었다. 여자가 분무기로 내 머리에 물을 뿌리며 머리카락을 쓸어댔다.

"여기 정수리 부분은 살리고 양 옆은 짧게 친 다음 층을 내서 밖으로 말죠. 훨씬 산뜻해 보이고 얼굴형에도 어울릴 것 같은데, 어때요?"

여자의 저돌성에 순간 주눅이 들었나보다. 점심시간이 끝나 가는데,

커트만 하고 들어간대도 늦기 십상인데, 파마를 하자는 여자의 제안에 고개를 끄덕이고 말았다. 물론 '그 간판쟁이'에 대한 호기심을 억누를 수 없었기 때문이지만. 나는 사무실로 전화를 했다. 몇 군데 거래처에 들러 그동안의 작업내용에 대해 모니터링을 해야겠다고 말했다. 사장님도 오늘은 못 들어오신대요. 걱정 말고 볼 일 다 보고 오세요. 배달이 주 업무인 경리과장의 목소리가 채 끊기기도 전에 여자의 가위가 내 머리칼을 잘라내기 시작했다.

괜한 호기심 때문에 여자에게 붙들린 사람들 대부분이 이런 식으로 머리를 만지게 되었을 것이다. 아무래도 여자의 뛰어난 영업력에 뒤통수를 맞은 게 아닌가 하는 의심이 들었다. 그런 만큼 그저 스쳐갈 수도 있었던 호기심이 꼭 풀어야 할 숙제로 더욱 강고하게 자리를 잡았다.

"그 간판쟁이 얘기 좀 해 주세요."

신윤복의 미인도를 패러디한 그림에 미로의 검고 붉은 태양을 얹어 절묘하게 조화를 이뤄낸 그가 더욱 궁금해졌다.

"친하게 지내는 고향 동네 오빠라고 미희가 소개할 때부터 알아봤어요. 고집 깨나 있겠구나. 밥벌어먹기 힘든 친구겠구나. 참, 미희는 우리 집에서 일하는 아가씨에요. 솜씨가 아주 뛰어나죠. 뺀질거리는 게 흠이긴 하지만."

띠리리링, 전화벨이 요란스레 울렸다.

"잠깐만요. 전화 좀 받을게요. 괜찮으시죠?"

여자는 카운터에 놓여있는 전화를 받으러 가면서 예의바르게 양해를 구했다.

"여보세요, 미희니?"

여자는 나를 바라보며 눈을 찡긋거렸다. 공모자에게나 던질 법한 의미심장한 눈빛으로 호랑이도 제 말하면 온다는 속담을 상기시켰다.

"아유, 저런. 보험회사 직원은 불렀어? 뭐, 경찰? 으응, 할 수 없지. 알았어. 천천히 잘 하고 와. 선이? 드라이기 고쳐온다고 나갔는데 감감무소식이야. 곧 오겠지, 뭐. 여긴 신경 쓰지 말고 니 일이나 잘해. 그래, 그래."

송수화기를 내려놓는 여자의 손길이 거칠었다. 되돌아오는 발걸음에도 방금 전의 걱정스럽던 목소리와는 달리 짜증이 묻어났다.

"하여간 사람 쓰는 게 보통 일이 아니라니깐요. 어찌 된 게 단 하루도 정시 출근하는 법이 없어요. 허구한 날 무슨 이유가 그리도 많은지."

여자의 가위질이 거칠어진 것 같아 내 마음도 덩달아 불안해졌다. 여자는 아랑곳하지 않고 자기 종업원에 대한 불만을 계속 털어놓았다.

"접촉사고가 났대요. 앞에서 차가 불쑥 끼어드는 바람에 그 차 옆구리를 받았다네요. 근데 가해자가 도리어 큰 소리를 쳐서 경찰을 불렀다나요? 조서 작성하고 어쩌구 하느라 오전이 다 가버렸대요. 요즘은 보험회사들이 다 알아서 해주는데 그런 핑계가 말이 된다고 생각하세요? 안 봐도 척이죠. 어떤 놈하고 또 밤늦게까지 술 퍼마시고 늦잠 잔 게 뻔해요."

여자는 드라이기로 자른 머리카락을 털어냈다. 그리고는 세면대로 나를 이끌어 머리를 감겼다. 그러는 동안도 여자는 입을 쉬지 않았다. "참 이상해요. 사람을 둘 데리고 있는데 달라도 그렇게 다를 수가 없어요. 손재주가 좋아 맘 놓고 일 맡길 만한 애는 미꾸라지처럼 **빠져 나가** 속을

썩이고, 여우도 그런 여우가 없죠. 대한민국에서 둘째가라면 서러울 만큼 성실한 애는 느리고 무딘데다 덤벙대서 답답하고. 미련 곰탱이가 따로 없어요. 드라이기 하나 고장 났다고 미장원이 문 닫겠어요? 영업사원 오면 맡겨도 되고 퇴근길에 들러 고쳐 달래도 될 걸, 한가한 시간이니 굳이 갔다 오겠다는 거예요. 엎어지면 코 닿을 데라 그러라고 했더니만 이리 늦는 걸 보면 또 사고친 게 뻔해요. 걘 평생 가도 기술자는 못될 거예요.”

여자는 자신이 데리고 있는 두 명의 종업원에 관해 쉴 새 없이 뒷담을 늘어놓았다. 하지만 가만히 듣고 있자니 미희라는 아가씨에 대해선 자랑을, 다른 아가씨에 대해선 푸념을 늘어놓는 식이었다. 요리조리 꾀를 피워도 손님을 끌어들여 가게 매출을 올려주는 종업원이 여자에겐 더 필요할 터였다. 내가 원하는 화제로 다시 돌아올 기미가 보이지 않았다. 여자의 유장한 달변을 어느 지점에서 끊고 들어가야 할지 나로서도 판단하기가 어려웠다. 젖은 머리를 수건으로 감싸고 다시 자리에 와 앉았다. 파마 기구가 잔뜩 든 카트를 밀고 오며 여자는 허드렛일을 해줄 종업원이 아직도 나타나지 않는데 대해 불만을 토로했다. 여자에게 맞장구를 쳐주는 수밖에 없었다. 사람은 정말 잘 보고 써야 한다느니, 그래도 손님이 한꺼번에 들이닥치지 않아 다행이라느니 하면서.

그때 출입문 열리는 소리가 났다. 여자가 기다리는 두 종업원 중 한 명이길 바랐지만 아니었다. 황갈색으로 물들인 파마머리의 젊은 청년이었다. 어서 오시라는 여자의 인사말이 무척이나 밝았다. 언제 짜증을 냈던가싶게 명랑하고 다정했다. 청년은 반쯤 열린 문 사이에 어정쩡하게 끼어 선 채로 뭔가를 탐색하듯 미장원 구석구석을 두리번거렸다.

"머리 긴 아가씨는 오늘 출근 안했어요?"

"금방 올 거예요. 들어와 앉아서 기다려요. 차 한 잔 하실래요? 커피, 녹차, 홍차? 감잎차도 있어요. 국화차, 매실차, 대잎차, 뭐든 원하시는 대로……."

여자는 내게 그랬듯이 마치 메뉴판을 읽는 사람처럼 차 종류를 있는 대로 늘어놓았다. 청년의 얼굴에 희미하게 홍조가 피어올랐다. 뭐라 대답해야 좋을지 모르는 사람처럼 한참을 머뭇거렸다.

"어머, 그러고 보니 우리 이쁜 오빠구나. 트리트먼트 하시려구?"

"아니요, 사실은 모레 입대하거든요. 그래서 머릴 밀려구. 조금 있다 다시 올게요."

그의 그림자가 채 사라지기도 전에 여자가 깔깔대며 웃었다. 그러면서 손에 딱 붙는 실험실용 고무장갑을 끼고 빠른 솜씨로 머리를 말기 시작했다. 달콤한 향이 섞여 있음에도 역한 파마 액 냄새가 코를 찔렀다. 지나치게 발효된 치즈를 휘발유에 담갔다 꺼낸 듯한 기이한 냄새였다. 슬슬 눈이 감겼다. 아무래도 파마 액 냄새는 사람을 몽롱하게 만드는 묘한 마력이 있는가보다. 웃음소리와 버무려진 여자의 수다가 귓전에서 왱왱 울렸다.

척 하면 삼천리죠. 많은 사람들을 상대하다보니 대강은 읽어져요. 틀림없이 우리 미희를 좋아하는 거예요. 하필 골라도 그런 여우같은 계집 앨…… 나야 좋죠. 고객이 많이 확보되는 중이니. 하여간 웃기지 않아요? 저 총각, 한 달 사이에 커트와 염색을 몇 번이나 했는지 몰라요. 참

참이 친구들도 데리고 와서 아마 사흘 걸러 한 번씩은 오지 않았나 싶어요. 며칠 전엔 파마까지 했답니다. 근데 그 파마약 냄새 다 가시기도 전에 군대 간다잖아요? 호호, 우스워라. 그것도 핑계 아닌지 몰라.

어디선가 찬 기운이 몰려들었다. 왜 이리 늦었어? 웃음기가 싹 가신 여자의 날선 목소리에 무겁게 처지던 눈꺼풀을 들어올렸다. 하이힐을 신은 아가씨가 문을 밀고 들어서는 게 보였다. 잔뜩 찌푸린 인상에 다리까지 절뚝거렸다. 숨을 할딱대는 품이 심상치 않아 보였다. 그녀는 문 가까이에 있던 대기 의자에 털썩 주저앉았다. 목 뒷덜미에서 한 뭉텅이로 질끈 묶은 긴 생머리에 날렵한 턱선, 오똑한 콧날이 도드라져 보였다. 깡마른 체격인데도 가슴이 풍만하여 꽉 끼는 티셔츠 바깥으로 젖가슴이 쏟아져 나올 것 같았다. 나는 그녀가 미희라는 아가씨일 거라고 지레짐작했다. 날렵하면서도 섹시한 전형적인 여우 이미지가 한눈에 들어온 때문이다.

"뭐하느라 이리 늦은 거야?"

여자가 갑자기 정색을 하며 질책하는 투로 말을 건넸다. 조금 전까지 깔깔대며 그녀에 관한 얘길 지껄인 사람치고는 너무 경직된 게 아닌가 싶었다. 어쨌거나 교통사고를 당했다고 했다. 다리를 저는 걸로 보아 가벼운 접촉사고로 끝난 정도는 아닌가 보았다. 어딜 다쳤는지 얼마나 아픈지 물어보지도 않고, 추궁부터 하는 여자가 야박해 보였다. 전화 받을 때의 너그러움과는 너무 대조적이었다. 아랫사람을 다루는 여자만의 비법인가 싶기도 했지만 너무하다는 느낌은 지울 수 없었다.

"비닐 씌워 드리고 워머 20분!"

여자가 내 머리에서 손을 떼며 아가씨에게 지시를 했다. 손에 들고 있던 축 늘어진 까만 비닐봉지를 내려놓고 아가씨가 뚱한 표정으로 홀을 가로질러 갔다. 내 짐작이 잘못 되었나하는 의구심이 들었다.

"소독약 어디 있어요?"

뭔가를 덜그럭거리며 뒤지는 소리와 아가씨의 목소리가 섞였다.

"하여간 하루도 그냥 넘어가는 법이 없어. 약상자 안에 있겠지. 저번에도 니가 썼잖아. 잘 찾아 봐."

여자는 고무장갑을 벗다말고 거울 속에 비친 내 얼굴을 찬찬히 살펴보았다. 직원과 실랑이 하느라 잠깐 동안이나마 손님인 내게 신경 쓰지 못한 걸 보상하려는 눈치였다.

"오래 전에 문신을 하셨나 봐요? 요즘은 이렇게 진하게 하지 않는데."

여자가 내 눈썹을 빤히 쳐다보며 말했다.

"피부과에 가서서 먹물 좀 빼요. 레이저 기술이 좋아서 어렵지 않게 지울 수 있대요. 그런 다음 자연스럽게 다시 문신을 해봐요. 인물이 확 달라져 보일 걸요?"

"그러게요."

난 여자의 말에 반대도 찬성도 아닌 애매한 대답으로 얼버무렸다. 어느 미장원엘 가나 미용사들에게 의례적으로 듣는 말이었다. 바늘이 한 땀 한 땀 살을 파고들던 기억이 새삼스러웠다. 한 번 하는 것도 끔찍했는데 또 다시 되풀이할 마음은 추호도 없었다. 그렇게 대답하면 성형수술도 아닌데 뭘 그리 망설이느냐는 핀잔이 이어졌다. 여자와 나누고 싶었던 화제로 다시 말머리를 돌렸다. 계획에 없던 파마를 하게 된 이유를 여전히 잊지 않은 나 나신이 대견스러웠다.

"아까 간판 얘기 하다 말았는데……."

"아, 참 그랬죠. 그 간판쟁이가 그래 뵈도 서울 어디 이름난 대학을 나왔대요. 동양화 전공이라나 뭐라나. 제법 이름 난 대회에서 상도 타고 그랬다는데, 술 냄새 폭폭 풍기고 다니면서 상소리 해대는 거 보면 말짱 거짓말 같기도 하고……."

하필 그때 다른 손님들이 밀어닥쳤다. 여자는 처음에 내게 그랬던 것처럼 그들에게 반갑게 인사를 건네고 차 종류를 길게 늘어놓느라 하던 말을 그치고 말았다. 그 사이 아가씨가 비닐을 가져다 내 머리 위에 씌우고 등 뒤에 워머를 바짝 붙여 세운 다음 스위치를 눌렀다. 두 개의 긴 날개가 더운 바람을 뿜어내며 회전을 시작했다. 여자는 새로 온 손님들에게 정신을 쏟느라 나와 나누던 이야기에 대해선 잊어버린 듯 했다. 그 북새통에 조금 전의 청년이 친구와 함께 들어섰다.

"어머나, 그 사이에 친구 분을 또 모시고 왔네. 잠깐만 기다리실래요? 찾는 아가씨, 금방 올 텐데. 선이 양, 여기 오빠들한테 차 좀 내드려."

픽 웃음이 났다. 여자의 지시에 따라 바삐 움직이는 아가씨는 내가 여우로 짐작했던 그 아가씨가 아닌 게 확실했다. 어쩐지 여자의 태도가 쌀쌀맞았더랬다. 이야기를 들으며 구성한 이미지와 실제 인물 사이엔 분명한 간극이 존재한다는 걸 다시 한 번 실감하는 순간이었다.

"저기, 밀기만 하면 되는 거니깐 저 아가씨가 해주셔도……."

청년이 몹시 수줍어하는 낯빛으로 여자의 말을 가로챘다.

"괜찮겠어요, 선이 양이 해줘도?"

청년은 대답 대신 고개를 끄덕였다. 그의 볼이 발그레했다. 어색해서 어쩔 줄 몰라 하는 웃음이 그의 눈매를 설핏 스쳐 지나갔다. 친구가 청년의 어깨를 툭툭 쳤다. 뭔가 이상했다. 여자 얘기로는 그가 미희라는 아가씰 좋아한다지 않았던가? 그 사이 선이 양은 자기가 들고 들어왔던 검정 비닐봉지 속에서 드라이기를 꺼내 빈 콘센트를 찾느라 정신이 없었다.

"당장 급한 거 아니니깐 그대로 두고, 이 오빠 머리 깎을 준비부터 해. 할 수 있지?"

"네? 아, 네!"

그녀의 얼굴이 이내 화사하게 펴졌다. 늘 허드렛일만 도맡아 하다가 제대로 된 일을 하게 된 사람이 보임직한 뿌듯한 표정이었다. 그녀는 청년을 빈 의자로 안내하고 전신을 뒤덮는 미용용 숄을 둘러 주는가 하면 자기도 비닐 앞치마를 챙겨 입었다. 그러면서 청년에 대한 인사치레도 잊지 않았다. 두상이 참 잘 생겼다며 예쁘게 깎아 주겠다는 말도 했다. 그러면서 자기가 늦은 일에 관한 변명도 잊지 않고 늘어놓았다. 서비스 센터가 문을 열지 않아 길 건너 두 정거장 떨어진 다른 수리점까지 갔다 오느라 애를 먹었다는 것이다. 손님이 많이 왔을지도 모른다는 생각에 마음이 바빠, 달려오느라 넘어져서 무릎에 생채기가 났다는 말도 덧붙였다. 많이 아프진 않으냐고, 약은 발랐느냐고 조심스럽게 묻는 청년의 부드러운 목소리도 들려왔다.

"네가 하는 일이 다 그렇지. 문을 닫았으면 그냥 오지 뭐 하러 거래처도 아닌 데까지 찾아 가냔 말야? 쓸데없이 사서 고생한 게 무슨 자랑이라고."

　여자는 그녀의 수고를 치하하기는커녕 오히려 면박을 주었다. 풀이 죽은 그녀가 이내 입을 다물었다. 그때였다. 통통 튀는 목소리가 문을 밀고 들어왔다.

　"원장님, 선이 씨! 지읒시옷, 지읒시옷."

　노란 바바리코트를 팔락거리며 만면에 환한 미소를 띤 아가씨가 가벼운 걸음으로 들어섰다. 늘어뜨린 갈색의 긴 머리칼이 어깨선을 부드럽게 감싸며 출렁거렸다. 서둘러 벗는 코트 속에서 핫팬츠와 배꼽티로 가린 늘씬한 몸매가 드러났다. 이번에야말로 분명 미희라는 아가씨일 것이다.

　"그게 뭐니? 무슨 암호도 아니고. 늦게 오는 주제에 미안한 기색도 없이."

　"아이 참, 원장님도. 다시 말씀 드려요? 죄송 죄송! 글쎄 말이죠, 생전 처음 경찰서에 가 봤는데요. 야, 그 아저씨들 되게 친절하드라. 경찰 하면 그저 무서운 줄만 알았는데. 큰소리치던 아저씨만 깨죽 됐지 뭘."

　그녀는 비닐 앞치마를 서둘러 입으며 들뜬 목소리로 수다를 떨었다. 말 한마디로 천 냥 빚을 갚는다는 게 실제로 가능할 수도 있겠단 생각이 들었다. 그녀는 애교스런 말투로 청년에게 알은 체를 하는 것도 잊지 않았다.

　"어머나, 우리 이쁜 오빠도 와 계셨네. 그새 또 날 보고 싶어쩌?"

　머뭇거리던 선이 양이 제풀에 뒤로 물러섰다. 때맞춰 타이머가 울렸다. 내 등 뒤에서 돌아가던 워머의 날개가 작동을 멈췄다.

"그 오빠, 낼 모레 입대하신단다. 깔끔하게 잘 깎아 드려. 선이는 이분께 중화제 발라 드리고."

뭔가 어색한 기류가 흘렀다. 스스로 뒷걸음질 쳤으면서도 선이 양의 얼굴에 불쾌한 기색이 피어올랐다. 내 머리에 중화제를 바르는 손길이 아무래도 거칠지 싶었다. 괜한 호기심으로 발을 들여놨다가 오후 시간을 통째로 날리게 된 나도 슬그머니 기분이 상하려 했다. 여자의 영업 전략에 넘어갔다는 생각을 지울 수 없었다. 꼭 알아내야 할 만큼 중요한 일도 아니었는데, 자세한 얘기를 듣는다 한들 나와 큰 상관이 있을 것도 아닌데. 중화제가 먹히도록 기다리는 동안 선이 양이 내 무릎 위에 올려 주고 간 여성잡지만 하릴없이 뒤적거렸다.

어느새 파마를 마무리할 시점이 된 모양이었다. 선이 양이 나를 세면실로 이끌었다.

"목에 힘 빼시구요. 차갑지 않으시죠? 샴푸 합니다."

나는 애처로운 마음을 참지 못하고 말을 건넸다.

"다친 데는 괜찮아요?"

"별 거 아니에요. 맨 날 찧고 박고, 쏟고 엎지르고…… 일 저지르는 데 이골이 난 걸요. 원장님이 절 무시하는 것도 당연해요. 게다가 미희 언니처럼 남자 손님들을 끌어들이지도 못하고, 싹싹하지도 못하니까요."

그녀의 말투가 자조적으로 변하는 속도에 맞춰 샤워기의 물이 뜨거워졌다. 그런데도 수온을 조절하는 기미가 느껴지지 않았다. 어지간히 헹 궜겠다 싶은데도 샤워기 꼭지를 잠글 생각조차 하지 않았다.

"앗, 뜨거!"

"어머, 이걸 어째? 죄송해요, 딴 생각을 하다 보니……."

그녀는 죄송하다는 말을 열 번도 넘게 해댔다. 원래 타고난 성정일까, 사사건건 지적을 당하다보니 그렇게 어리숙한 스타일로 고정되어 버린 걸까? 안타깝긴 했지만 주인 여자의 불만이 이유 없지 않다는 데 동의할 수밖에 없었다. 괜찮아요. 말은 너그럽게 건네주었지만 부아가 치밀어 오르는 걸 내리누르기가 쉽지 않았다. 한 편으론 창피하기도 했다. 괜한 호기심으로 근무시간까지 축내면서 아무 인연도 없는 시시한 동네 미장 원에서 파마를 하고 있는 내 꼬락서니가. 신윤복의 미인도면 어떻고 미로의 검붉은 태양이면 또 어떻단 말인가? 예술작품과 간판의 경계에서 도대체 무엇을 찾아내고 싶었던 것인가?

하지만 그런 내밀한 질문들은 이내 지워졌다. 선이 양이 내 머리카락 의 물기를 수건으로 꼼꼼히 닦아내고 드라이기로 말리는 동안 이상하게 도 뒤통수가 당기는 느낌이 든 때문이다. 어떤 눈빛이 내 뒷모습을 집요 하게 쫓는 것 같았다. 뒤돌아볼 수 없으므로 거울에 비치는 미장원 풍경 을 훑었다. 시선의 주인을 금방 찾아낼 수 있었다. 어느새 빡빡머리가 되어버린 청년이었다. 해맑고 깨끗한 눈빛이었다. 묘한 긴장감이 정수 리를 타고 흘러내렸다. 어느 순간 그와 눈길이 딱 마주친 듯 했다. 화들 짝 놀라 시선을 비낀 건 나였다. 등줄기를 타고 땀이 흘렀다. 가당찮게 도 가슴이 설렜다. 얼굴이 화끈거리기까지 했다. 미희 씨에게 관심 있다 던 여자의 귀띔을 분명 들었는데도 말이다. 다시 한 번 그를 흘끔거렸 다. 그는 내가 자기를 바라보고 있다는 걸 전혀 눈치 채지 못한 사람처 럼 여전히 내 뒤통수를 향해 눈길을 고정해 놓고 있었다. 뭔가 이상했

다. 그의 눈빛을 다시 탐색했다. 나를 바라보는 게 아니었다. 내 등 뒤에
서서 머리를 말려주고 있는 선이 양, 아니면 바로 옆 자리에서 친구의 머
리카락을 자르고 있는 미희 씨. 두 사람 중 하나의 뒷모습에 집중되고 있
는 듯 했다. 온몸에서 힘이 빠져나갔다. 주책도 없지. 쿡쿡 웃음이 났다.

드라이가 어지간히 끝났다 싶자 여자가 다시 가위를 들고 나타났다.
마지막 마무리 손질을 하려는가 보았다. 톱날처럼 끝이 들쭉날쭉한 가
위로 균형을 맞춰가며 군데군데 가위질을 했다. 양 쪽의 길이가 잘 맞는
지 귀 밑으로 머리칼을 잡아당겨 보기도 했다. 청년이 커트를 마친 친구
와 함께 일어섰다. 요금을 계산하는 그들에게 미희 씨가 장난스럽게 한
마디 던졌다.

"초대해 주시면 환송회에 갈 수도 있는데……."

"정말 오실래요? 진짜로요?"

청년의 친구가 나서서 그녀의 의도를 몇 번이고 확인했다. 맥주를 마
시고 클럽에서 춤도 출 수 있다는 얘기들이 오고갔다. 그러더니 서로 핸
드폰 번호를 주고받았다. 시간, 장소 정해서 연락 줄 테니 꼭 와달라는
말을 남기고 두 청년이 떠나갔다.

"쑥맥 같으니. 좋으면 좋다고 얘길 할 것이지, 친구를 앞세우긴. 말만
잘하면 하룻밤 진하게 놀아줄 수도 있는데. 호호."

미희 씨에게선 여왕벌 같은 여유가 넘쳐흘렀다. 내가 그때 왜 선이 양
의 눈치를 살폈는지 모르겠다. 이상하게도 빗자루로 바닥을 쓸고 있는
깡마른 어깨에 마음이 쓰였다.

"참, 궁금해 하셨던 그 간판쟁이! 미희야, 얘기 좀 해드려. 우리 집 간

판 그림에 끌려서 들어오셨다가 파마까지 하게 된 손님이야."

기특하게도 여자가 기억하고 있었다. 묻어두려던 궁금증이 다시 피어 올랐다.

"진즉에 헤어진 남자 애길 새삼스럽게. 어쨌거나 그림 하난 죽여주는 남자였어요. 원장님이 간판을 바꾸고 싶다기에 한 끼 밥값이라도 벌게 해주려고 소개해 줬죠. 그랬더니만 우리 가게 간판 모델로 날 썼지 뭐예요? 그것도 촌스럽게 조선 기생이 뭐람?"

그녀는 그림의 유래에 대해 별로 아는 게 없는 모양이었다. 한 때나마 이 아가씨에게 경도되었을 간판쟁이 미술학도에 대한 연민이 솟았다. 그런데도 난 그녀가 대답하지 못할 것 같은 질문을 하나 더 던지고 말았다. 트레머리의 여인이 화관처럼 이고 있는 검고 붉은 두 겹의 동그라미에 관해서 알지도 모른다는 막연한 기대를 버리지 못한 때문이다.

"상호도 그 사람이 지어줬나요? 혹시 어떤 화가 이름을 땄다고 하진 않던가요?"

"무슨 소리에요? 그건 우리 원장님이 당신이 좋아하는 노래의 가사에서 딴 거예요. 그 유행가 모르세요?"

오후 내내 괜한 짓을 했단 사실을 다시 한 번 확인하고 말았다. 간판이며 상호에 어떤 의도가 숨어 있어야 한다는 생각을 왜 했을까? 그리고 이들에게서 뭔가 의미 깊은 해석을 들을 수 있으리란 기대는 또 왜 했던 것일까?

"컬이 아주 자연스럽네요. 뒷머리 확인해 보실래요?"

마른 스펀지로 목덜미며 어깨, 혹은 얼굴에 묻어있을지 모르는 머리카락을 털어 내는 것으로 마무리 손질을 끝낸 여자가 손거울을 들고 왔다. 풍성하게 살아난 머릿결이 제법 보아줄 만했다. 단골로 다니는 시내 이름난 미장원과 비교해도 그리 뒤처지지 않는 솜씨 같았다. 평소 내가 지불해 오던 것보다 저렴한 가격도 뭔가 억울했던 내 심사를 다소 위안해 주었다.

"어머머, 벌써 문자가 왔어요. 아까 그 친구예요."

계산을 하고 돌아서는 등 뒤로 미희 씨의 호들갑스런 목소리가 따라왔다. 어쩐지 나도 그 내용을 알아야 할 권리가 있는 사람처럼 여겨져 슬그머니 걸음을 멈추고 고개를 돌렸다.

"이게 뭐야? 선이하고 꼭 같이 나와 달래."

"그게 무슨 소리야? 어디 보자."

주인 여자가 미희 씨의 핸드폰을 다짜고짜 뺏었다. '입대할 제 친구에게 좋은 일 한 번 해 주세여. 선이 양께 거절당하면 입영 거부자로 구속될지도 몰라여.' 마지막 문장을 읽고 난 여자의 입이 놀라움 때문인지 다물어지지 않았다. 선이 양의 볼이 발그레하니 물들고 미희 씨의 얼굴이 시뻘겋게 달아올랐다. 반전 드라마를 보는 것처럼 흥미진진한 건 나뿐인가 보았다.

오후 세 시의 동네 길은 한산했다. 나는 다시 한 번 '헤어살롱 미로'의 간판에 눈길을 주었다. 트레머리의 모델은 요염했고 검은 테두리에 갇힌 그녀의 욕망은 분출구를 찾지 못한 용암처럼 들끓었다. 늦가을 오후의 햇살이 그녀의 시뻘건 용암 속으로 녹아들어갔다.

●이진 작품집 해설

저공비행, 혹은 "품위 있는" "소멸"을 위하여

고인환(문학평론가, 경희대 교수)

정공법(正攻法)

'평범함 속에 깃든 비범함.'

이진 소설에 대한 첫 인상이다. 사실 그의 소설은 그리 새롭지 않다. 그러나 살펴보면 안정된 문체, 탄탄한 서사 구조, 섬세한 내면 묘사, 살아 숨 쉬는 캐릭터, 경쾌하고 발랄한 언어 감각 등 단편소설이 갖추어야 할 요소들을 두루 겸비兼備하고 있는 수작秀作들임을 알 수 있다. 한 편 한 편에 깃들어 있는 내공內工이 자연스럽게 흘러넘쳐 독자의 가슴에 잔잔한 파문을 일으키는 경우이다.

서사 양식의 본질에 충실한 이진의 작품은 우리 소설이 너무 새로움을 향해 비상한 것은 아닌지 곱씹어 보게 한다. '포스트' 담론이 범람하는 '지금 여기'에서, 이야기성으로 충만한 그의 소설은 역설적으로 새로움을 부여받는다. 주저리주저리 엮이는 요설과 수다는 서사의 뼈대에 숨결을 불어넣고 있으며, 날카로운 풍자와 공명共鳴하는 경쾌한 익살은 '지금 여기'의 삶의 속살을 효과적으로 드러내는데 기여하고 있다. 인물 고유의 독특한 삶의 이력을 안정된 서사 구조로 갈무리하는 솜씨는 가히 장인의 수준이라 할 만하다. 단편 양식의 한 모범을 연상케 할 정도로 기본에 충실한 소설들이다. 이른바 정공법正攻法을 고수한, 소설다운 소설들이다.

그래서 이진의 소설은 비범非凡하다. 아니, 특별特別하다. 그의 작품은 살아 있는 인물의 내면을 포착한다. 이진의 소설이 선악의 이분법, 혹은 교훈적인 메시지 전달에 머무르지 않는 이유도 여기에 있다. 모순으로 가득 찬 부조리한 현실을 거부하거나 비난하기는 쉽다. 하지만 그런다고 해서 현실이 변화하는 것은 아니다. 오히려 현실의 장벽을 더욱 공고하게 하는 경우가 많다. 구체적이지 않는 현실인식은 결코 삶을 변화시킬 수 없다. 다만 지속적이고 끈질긴 성찰을 통해 세계를 조금씩 변모시켜 나갈 수 있을 따름이다. 이진의 소설은 낮은 목소리로 깊이 있는 메시지를 전달한다.

이번에 선보이는 작품들은 "가시적 세계가 덮고 있는 외피들"을 "견고하고 정확한 어조"로 벗겨내며 "진정한 세계의 모습"을 드러낸(채희윤 서평) 첫 번째 소설집의 경향을 이어받으며 그 세계를 심화, 확장하고 있다.

화려한 비상을 꿈꾸지만 저공비행에 만족할 수밖에 없는 청춘들의 고뇌와 방황, "품위 있는" "소멸"을 염원하는 노년의 애틋한 사연을 중심으로 그 풍경들을 일별해 보기로 하자.

"키높이 깔창" 만큼……

「164」에는 "키"에 얽힌 청춘의 방황과 고뇌가 경쾌한 어조로 음각되어 있다. "나"는 키가 "164"다. 대학 입학 후 첫 미팅 파트너로부터 "그 키로 누굴 넘보겠다고, 재수 없게시리!"라는 모욕적인 말을 듣는다. 화자는 전역 신고를 마치고 수술실로 직행한다. 이른바 멀쩡한 뼈를 잘라 늘어나도록 하는 키 높이기 수술이다.

인위적으로 부러뜨린 뼈가 예정된 길이만큼 늘어나도록, 뼛속에 삽입해 놓은 금속 핀에 자극을 주어 끊임없이 상처를 냄으로써, 뼈의 자기 치유력을 지연시키기 위함이었다. 무엇보다 힘든 건 끔찍하게 아프다는 거였다(「164」).

문제는 "174" 혹은 "177"라는 충분히 큰 키를 가지고도 수술을 하는 사람이 있다는 것이다. "대한민국 20대 남성 평균 및 표준치"로 "꿀릴 일"이 없는 "174"가 "여자 친구의 비위"를 맞추기 위해 "멀쩡한 생 뼈"를 자른다. 이러한 "174"의 모습을 보는 "164"의 시선이 고울 리 없다. 뛰는 놈 위에 나는 놈이 있는 법. "174"의 여자 친구는 "수술 따위 필요

없는 우수한 유전자를 가진" 다른 남자에게로 떠난다. "177이라는 충분히 큰 키를 가지고도 두 번의 수술"을 통해 여자의 요구를 충족시킨 "북극기린"이다. 웃을 수도 그렇다고 울 수도 없는 청춘의 만화경萬華鏡이다. 한 번의 수술로 6센티를 늘려 "보통 사람의 계열로 막 진입해 들어가는" 화자로서는 "어떤 노력"으로도 "극복할 수 없"는 한계다. 인간의 욕망은 끝이 없고 그 욕망의 충족은 한없이 연기된다. 하여, 원하는 것이면 무엇이든 얻을 수 있는 이 풍요로움의 시대에도 상대적 박탈감은 커져만 간다.

그렇다면 남자들에게 수술의 욕망을 자극하는 "21세기 대한민국 여성의 미의 표준"은 어떠한가? 그녀는 이른바 "성형수술 A급 소비자"다. 잊을 수 없는 모멸감을 안겨준 바로 그 첫 미팅의 여대생이지만 화자는 그녀를 알아보지 못한다. 그녀의 욕망은 "순풍의 돛"이 아니라 "덫"이다.

이렇듯, 작가는 우리 시대 젊음의 '속살'을 경쾌하면서도 발랄한 문체로 길어 올리고 있다. 날카로운 풍자 정신과 훈훈한 해학의 시선이 어울려 청춘의 초상을 돌올하게 되살려내고 있다. 작가는 그들의 사유와 감각을 그들의 언어와 표현방식으로 포착하고 있다.

수술 후 "키높이 깔창"을 뺄까 말까 잠깐 망설이다가 "그냥 그대로" 신고나가는 화자의 태도, 혹은 미디어가 날조한 여성미의 표준(갸름한 달걀형 얼굴, 브이라인 턱선, 오똑한 콧날과 깊게 파인 쌍꺼풀 등)이라는 사실을 익히 알면서도 그것에 감동하지 않을 수 없는 딜레마적 상황이야말로 '지금 여기' 청춘의 현주소일 터이다. 작가는 외모지상주의가

초래한 경박한 젊음의 초상을 경계하는 동시에, 그들의 내면 깊숙이 침투해 있는 공허한 욕망의 실루엣을 놓치지 않는다.

이진의 소설은 윽박지르거나 고함치지 않는다. 그렇다고 공허한 메아리로 돌아올 세태 비판에 골몰하지도 않는다. 다만, 젊음의 풍경에 머물며 "키높이 깔창" 만큼의 높이로 저공비행하고 있을 따름이다. 이 비행으로 인해 우리의 삶이 크게 달라지지는 않을 것이다. 그러나 이전의 삶과는 조금 다를 것이다. 이러한 차이로 인해 우리는 자신의 삶과 세계를 조금씩 바꾸어 갈 수 있는 것이리라.

저공비행의 언어

여기 또 하나의 애틋한 청춘이 있다. 작가는 짐짓 "눈물이 있는, 가학적 풍경"이라고 명명해 놓았다. 하지만 작품의 분위기는 전혀 그렇지 않다. 이진 소설의 매혹은 바로 여기에서 발원한다. 눈물과 비애悲哀를 경쾌한 언어로 드라이하는 연금술. 하지만 작가는 희화화로까지 나아가지 않는다. 너무 높게 비상하면 현실로 돌아오는 길을 잃게 마련이다. 주저앉지도 그렇다고 초월할 수도 없는 애틋한 청춘에게 마치 저공으로 비행하는 날개를 달아주는 듯하다. 그의 인물들이 발산하는 독특한 활력은 여기에서 나온다. 교통사고의 책임을 상대에게 전가시키는 "전화위복"의 언술을 보라.

앞차가 끼어드는 걸 보고 급히 브레이크를 밟았어요. 그 순간 미처 속도를 줄이지 못한 뒤차에게 받친 거 같아요. 그러니깐 뒤차에게 밀려서 앞차를 들이받게 된 거란 말이죠. 그리곤 아주 확신에 찬 표정을 지으며 승합차 운전자에게 동의를 구했다. 차체가 들이받히는 느낌이 쿵, 한 번이었을 거예요. 그렇죠? 제가 먼저 선생님 차를 들이받은 다음 2차 추돌로 이어졌으면 쿵-쿠쿵, 하는 식으로 두 번의 충격이 갔을 텐데요. 어때요, 한 번이 맞죠? 좁은 틈으로 끼어들려다 사고를 유발한 승합차 운전자는, 순식간이라 잘은 모르겠지만 그랬던 거 같다며 어정쩡하게 수긍했다. 내겐 아무런 책임이 없음을 확정하는 순간이었다. 뒤차 운전자가 의구심을 떨치지 못한 표정으로 고개를 갸웃거렸다. 전화위복의 기술, 진실은 때로 이렇게 발명되는 것이다(「눈물이 있는, 가학적 풍경」).

"진실"이 "발명"되는 저공비행의 순간이다. 여기에서 사실 관계의 확인은 그다지 중요하지 않다. 우리는 이 한 장면에서 주인공이 살아가는 방식이나 성격, 그리고 세계관 등을 단숨에 파악하게 된다. 작가의 언어 감각이 돋보이는 부분이다.

화자는 "눈도 뜨기 전에" "친부"한테 "버림"받고, "바람기 많은" "어미 탓"에 여러 의붓아버지의 지붕 밑을 전전하다 결국 외할머니 집으로 쫓겨났다. 하지만 나름 꿋꿋하고 씩씩하게 자랐다. 그녀가 삶을 견디는 방식은 이렇다.

소녀 시절, 난 외할머니의 전승담을 나만의 판타지로 변경시키는데 탁월한 능력을 발휘하곤 했다. (중략) 분노에 찬 아버지의 실루엣은 제물

로 바쳐진 공주를 위해 불 뿜는 용과 싸우는 용감한 왕자의 모습으로 변
모했다. 그럴 때마다 나는 승리의 흰 깃발을 펄럭이며 저 먼 수평선에서
나타날 한 척의 배를 기다리느라, 극락강을 뒤덮은 금빛 햇살에 수없이
눈을 찡그리곤 했다. 엄마에게 상습적으로 폭력을 행사했다는 의처증
환자는, 진짜 아버지를 마법의 성에 가두고 아버지의 왕국을 강탈하려
는 못된 용이었을 거란 상상도 나를 흥분시키곤 했다. 귀공자 아버지는
끝내 승리하여 엄청난 금은보화를 싣고 나를 찾아올 게 틀림없었다. 나
이가 들 만큼 든 이후에도 난 그 환상을 버리지 않아왔다(「눈물이 있는, 가
학적 풍경」).

현실을 "판타지"로 "변경시키는" "탁월한 능력." "판타지"는 현실과
접속할 때 온전한 의미를 부여받는다. 갑작스럽게 돌출한 장애물과 충
돌할 때 "환상"은 현실로 내려앉는다. "온갖 병들을 붙들어 안고" 사는
외할머니께 "수십 배의 이자"를 지불하며 살아가는 화자에게 아버지가
나타났다. 아니, 아버지의 부고 소식이 날아든다. 이복동생 "바보 민구"
가 "누나"의 존재를 병원에 알린 것이다. 병원비를 결제하고 "장례절차"
를 밟으라는 간호사의 질문에 화자는 "내가요? 왜요?"라고 응답한다.
"새로운 하루를 불러내는 주문"이 "에이, 씨!"인 그녀답다. 하지만 "젖도
떼기 전에 어미한테 버림"받은 "바보 민구"를 어찌 외면하겠는가? 화자
의 저공비행이 잠시 현실에 불시착하는 순간이다. 아버지는 "14평 아파
트"와 "연봉의 반절을 웃도는 통장 잔고"를 남겼다. 화자는 자신의 "목
을 수년간 옥죄었던 빚을 청산하고 홀가분하게 떠날 기회"를 잡았다.

"앙코르와트 근처에서 식당을 운영하는 선배 언니가 사업 확장의 파트너로" 초대한 것이다. 이복동생 민구를 복지원에 맡긴 화자는 "뒤돌아보지 않고" 떠난다. 다시 저공비행을 시작한 화자는 악당도 아니고 순둥이도 아니다. 바보는 더더욱 아니다. 키높이 수술을 하여 "170"이 되었지만 여전히 "키높이 깔창"을 포기할 수 없는, 그래서 딱 "키높이 깔창" 높이의 날개가 필요한 「164」의 주인공처럼, 적당히 속물적이되 인간에 대한 "최소한의 예의"도 저버리지 않는 이 '미워할 수 없는' 캐릭터의 비상飛上에 누가 토를 달 수 있겠는가? 그러니 그녀의 저공비행이 다시 중간 기착지에 내려앉기를 기대할 수밖에……. 이진의 다음 소설이 기다려지는 이유이다.

"품위 있는" "소멸"을 위하여

이번 작품집을 지배하는 정서의 한 축이 청춘의 저공비행이라면, 다른 한 축은 죽음의 광장에 안착하려는 노년의 열망일 것이다. 「존엄사 클럽」에는 매력적인 할머니가 등장한다. 그녀는 "존엄사 클럽"의 마지막 회원으로 무려 "여섯 명"의 죽음을 방조傍助했다. 그들 중 "누구도 목숨 줄 질긴 노인네란 눈총 속에 살지 않았고, 맹목적인 삶의 의지만 남은 배설기구로 취급당하지 않았고, 자식의 시간과 돈을 갉아먹는 벌레로 남지 않았"다. "사는 동안 쌓아온 자신의 이미지며 어른으로서의 품위 또한 털끝 하나 다치지 않았"다. 하지만 자신의 "차례가 되니 도와줄 친구가 없"다.

나만의 이름을 잃고 싶지 않아. 풀린 눈동자로 그림자처럼 유영하면서 어르신이라는 보통명사로 통칭되는 게 싫어. 내 엉덩이와 사타구니를 남의 손에 맡기고 싶지 않아. 그런 날이 오면 내가 존엄한 한 인간으로, 노명화 선생이라는 자부심 속에서 죽을 수 있도록 당신이 도와줘(「존엄사 클럽」).

치매 증세가 심해지는 "노명화 선생"을 "품위 있게 보내주"는 방조자로 "선애씨"가 선택되었다. 치밀하게 준비된 계획이 실패로 돌아가고, 그녀는 "쭈글쭈글한 얼굴 한 가득 오로지 하나의 욕망, 하나의 의지만이 끓어 넘"치는 "노명화 선생"의 '맨 얼굴'을 목격한다. "선애씨"는 "좌절감과 딱 그 크기만큼의 안도감"을 동시에 느낀다. "노선생"에게는 "존재의 소멸에 대한 끈질기고도 강렬한 거부"만이 남아 있다. "선애씨"는 처음으로 그녀의 간절한 바람에 가 닿은 느낌이 든다. 이제야말로 "존엄사 클럽"의 진짜 회원이 된 듯한, "무겁고도 지극한 의무감"이 "선애씨"를 덮친다.

작가는 선악의 이분법으로 인간의 존엄성 문제를 재단하지 않는다. 작가의 관심은 안락사 혹은 존엄사에 대한 진부한 찬반 논쟁에 있지 않다. 존엄사 문제에 얽힌 인물들의 내면이 서사의 초점이다. 이 작품이 문제 삼는 것은 존엄사의 윤리성이 아니다. 오히려 "선애씨"와 "노선생"의 생각에 얼마나 공감할 수 있느냐가 관건이다. 그렇기에 독자들은 '선/악'의 테두리에 갇히지 않고 인간의 존엄성을 성찰할 수 있는 기회를 얻게 된다.

이처럼 이진의 소설은 초라한 현실을 견디며 살아가는 소시민들의 중

충적인 내면, 즉 매개된 현실에 주목한다. 이들의 내면은 세속적인 삶과 그 너머를 길항拮抗하는 저공비행의 언어로 들끓고 있는데, 작가는 웅숭 깊은 서사의 그물망으로 이를 포착함으로써 우리 시대 서사의 운명을 우직하게 감내하고 있다.

그가 주조鑄造한 서사의 운명은, 모던한 고전의 품격과 전근대적 삶의 방식을 결합하여 시공을 넘나드는 독특한 공감의 풍경을 연출한 장면(「알레그로 마에스토소」), 인간과 사이보그(웅녀)의 모순된 운명을 응시하며 인류의 '오래된 미래'를 가늠해보는 성찰적 시선(「웅녀를 위한 헌화가」), 그리고 미용실 간판 그림에 얽힌 일화를 통해 인생의 "반전 드라마"를 흥미진진하게 포착한 경우(「수다와 논평의 오류」) 등 다채롭고 풍요로운 언어로 직조되어 있다.

'현실과 현실 너머의 경계'를 응시하며 근대적 일상의 내면을 저공으로 비행하는 이 명징한 언어들의 그물망이 눈부시다. 근대적 일상을 가로지르는 이러한 그물망의 유혹에서 그 누가 자유로울 수 있겠는가.

보너스: 살아 숨 쉬는 말들

이진의 작품을 검토하면서 살아 숨 쉬는 말들의 꿈틀거림을 지나칠 수는 없다. "노선생"의 기묘한 웃음소리 "호옷!"은 그녀의 캐릭터 전체를 압도할 정도로 강렬한 이미지를 뿜어낸다.

다음의 대사를 소리 내어 읽어보라!

하여간 그렇게 시작됐어. 우리 '존엄사 클럽'은. 호옷!(「존엄사 클럽」)

치매에 걸린 노파 역할만 잘해내면 되겠다고 활짝 웃더라구. 그땐 정말로 몰랐어. 그 애가 남편과 함께 가버릴 줄은. 자식들이 지들 어미 역시 치매였다고 굳게 믿는 눈치더군, 어쩌면 그 애가 자식들에게 베푼 최고의 보시였을지 몰라. 호옷!(「존엄사 클럽」)

이만하면 인간 존엄성 수호에 한 몫을 한, 인류애 실현에 앞장 선 삶이 아닌가? 그런데 참 아이러니군. 정작 내 차례가 되니 날 도와줄 친구가 하나도 없다니. 호옷!(「존엄사 클럽」)

"호옷"은 차갑고 냉정해서 감히 접근할 수 없는 위엄을 지닌 듯 하면서도, 경쾌하고 발랄한 "노선생"의 이미지를 환기한다. 자존심 강하고 깐깐한 동시에 쓸쓸하고 고독한 그녀의 캐릭터를 효과적으로 드러내는 표현이다.

그 자체로 읽는 재미를 쏠쏠하게 하는 "선애씨"의 언어감각도 이에 못지않다.

"어머나, 멋쟁이 할머니!! 산도적 같은 총각 놈이라도 뒤쫓아 오면 어쩌시려고……."(「존엄사 클럽」)

"노선생"의 옷차림에 속은 느낌, 즉 젊음을 흉내 내는 "늙은 여자에 대한 경멸감"을 "아첨을 가장한 비아냥거림"으로 받아치는 톡톡 튀는 언어감각이 일품이다.

다음은 어떤가?

9시 15분. 두 개의 바늘이 일직선을 이루어 하나의 원을 위 아래로 반분하고 있다. 사적인 시간이 희미한 자취를 끌고 사라지는 동안 공적인 시간이 그 자리를 메우기 시작하는, 모든 공공기간의 직원들이 본격적인 일과로 돌입하는 딱 그때이다(「존엄사 클럽」).

"노선생"의 "존엄사"를 방조하고 있는 자신의 행위에 대한 팽팽한 긴장감이 잘 드러난 대목이다. "사적인 시간"과 "공적인 시간"이 교차하는 "9시 15분"은 "선애씨"가 자신의 내면을 곱씹어보는 시간이다. 욕망과 양심이 교차하는 이 순간은 "존엄사"의 문제를 개인적 의지와 공적인 윤리 사이에서 성찰하는 시간이기도 하다.

살아 숨 쉬는 생생한 언어의 숨결. 이진 소설이 선사하는 놓칠 수 없는 보너스다.

알레그로 마에스토소

초판 1쇄 인쇄일 | 2013년 6월 5일
초판 1쇄 발행일 | 2013년 6월 6일

지은이 | 이　진
펴낸이 | 정진이
편집이사 | 박지연
책임편집 | 박재원
편집/디자인 | 이하나 정유진 신수빈 윤지영 이가람
마케팅 | 정찬용 권준기
영업관리 | 한미애 심소영 김소연 차용원
인쇄처 | 월드문화사
펴낸곳 | **새미**
　　　　등록일 2006 11 02 제2007−12호
　　　　서울시 강동구 성내동 447−11 현영빌딩 2층
　　　　Tel 442−4623 Fax 442−4625
　　　　www.kookhak.co.kr
　　　　kookhak2001@hanmail.net

ISBN | 978-89-5628-622-8 *03800
가격 | 10,900원

* 저자와의 협의하에 인지는 생략합니다.
새미는 국학자료원의 자회사입니다.
잘못된 책은 구입하신 곳에서 교환하여 드립니다.